迎向眾聲

——八〇年代臺灣文化情境觀察

向陽著

三民叢刊66

三民書局印行

自序

向陽

《迎向眾聲》一書的寫作大約花了八年的時間，縱經是八〇年代的臺灣，橫緯是個人參與其內也比較熟悉的文學藝術領域。花了八年光陰，不表示這本論評集有相對的水準，而是因為在整個八〇年代的進程中，我與多數文化工作者一樣，一方面目眩神迷於快速轉換的臺灣社會變遷，一方面也因為個人報社工作的關係，捲入了這場文化轉型的輪動之中，實踐固多，寫作則銳減。因此，回顧並整理八年所得如此，不能不感到汗顏。

對一個七〇年代以現代詩創作為主力的文化工作者來說，評論本非我所專，亦非我所長，唯自一九七七年因友儕謬許，開始被動地詩有餘而行文以來，斷續積疊，於一九八五年由東大圖書公司出版第一本評論集《康莊有待》時，已逾八年；如今再由東大母公司三民書局出版《迎向眾聲》，又越八年，既足徵個人之懶散荒疏，也不能不說是一種巧合。

而另一個巧合是，《康莊有待》所集，乃是我對七〇年代臺灣文壇的觀察與省思，這本

《迎向眾聲》則是對八〇年代多元分殊的臺灣文學、藝術及文化情境的檢證與期許。相對於七〇年代臺灣文化界對現實及鄉土的思考，八〇年代的臺灣文化情境，可以說是臺灣論述揚聲的年代，從文學、藝術、語言、民俗的耙梳，乃至歷史、文化的研究，這十多年來，眾多關心臺灣發展的文化工作者不斷投入此一領域，形成了「眾聲喧嘩」的多元文化景觀。作為一個熱愛本土的文化工作者，主動或被動地，我斷續寫下了本書中的各篇論評。

主動，緣於我自一九八二年至一九八七年五年間擔任《自立晚報》副刊主編，在工作上對於臺灣文化的推動及形塑有無可逃避的責任，也有從旁搬磚挑沙的強烈意願，因之對於透過文字、圖像或研究建構文化臺灣圖式的作家學者，我每每樂於透過副刊或個人的論評向讀者推薦。

被動，一半來自工作壓力不容許我全面地、深入地、系統地進行研究及論評，往往是在同儕及朋友約請之下，試為解讀點描他們的作品與當代臺灣土地、人民的關聯，藉以砥礪自己、鼓吹讀者為臺灣的文化重建付出關懷，並加以實踐。

所以，《迎向眾聲》這本論評文集，百分之九十以上都是書評，並且都是「為人作序」之作，從散文、詩、小說到語言、民俗、史料、歌謠、繪畫、寫真乃至時評，均留下我「試作解人」的言說。從文化的多元面向來看，這當中眾聲滙聚，相當程度顯映了八〇年代臺灣從戒嚴到解嚴的文化奔流面貌，那是個各個領域都努力發聲的年代。就本書所掃瞄的文化諸領域中各家的努力來看，則我所嘗試解讀評析的對象及其作品，其實只是「象徵」，重要的，不是「誰」在「什麼領域」寫出了「什麼作品」；重要的是，這些不同領域的作者寫出的不同作品，從不同的源流共同滙向了八〇年代臺灣這塊土地及其人民的文化形貌。而在本書所論評的作者之外，其實還有更多的作家及學者專家在更寬更多的文化範疇中對臺灣文化的建構作出貢獻，本書所舉所評，格於我的懶散及被動，有其極大的侷限。

同時，由於個人對臺灣這塊土地長久以來的關注及摯愛，集在《迎向眾聲》一集中的篇章，自然也難免在有意無意中架構了一個試圖影響當代文化變革的意識形態。某些觀照角度、解讀方向，就個人來說，也許是信之不移的信念，對另一個向度的讀者而言可能就是偏見。但無論是信念也好、偏見也好，我都希望本書能提供給睿智的讀者一扇窗口。

最後，《迎向眾聲》得以列入「三民叢刊」出版，要感謝三民書局發行人劉振强先生的關懷及協助。我已服務十一年的報社自立報系發行人吳豐山先生，在這段期間內對我的寫作鼓勵至多，提供給我的發展空間亦大，使我由一個單向思考的寫詩人，因緣際會，得以多面向參與臺灣文化的整建工作，可謂惠我良多。

而內人方梓十二年來對我寫作志業的支持、對家庭物質環境的無怨，乃至對一個愛臺灣甚於愛妻子的文化人的了解，都使我沒有後顧之憂，酣甜入夢。謹以此書獻給她，聊作結婚多年的禮物吧！

一九九三年十月

迎向眾聲

八〇年代臺灣文化情境觀察

自序

卷壹

卷貳

卷叁

卷肆

卷壹

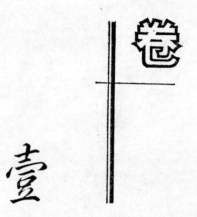

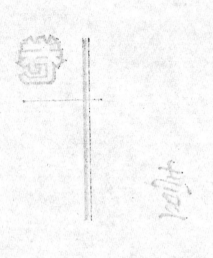

在天藍與草青之間

蕭蕭的悲涼和激動

一

六朝文學評論家劉勰（四六五—五二二）在他的傳世名著《文心雕龍》中，有專章論「隱秀」：

夫心術之動遠矣，文情之變深矣，源奧而派生，根盛而穎峻，是以文之英蕤，有秀有隱。隱也者，文外之重旨者也；秀也者，篇中之獨拔者也。隱以複意為工，秀以卓絕為巧，斯乃舊章之懿績，才情之嘉會也。

這段話雖然已是一千五百年前的「舊句」，但是對於臺灣的現代散文，特別是其寫作技巧來說，仍然饒有「新意」。「秀」與「隱」的異同並重，其實也正與現代文學三十年來不斷強調的「警句」、「多義」之語類同。然而更深入地來看，「秀」與「隱」又同時是透過寫作技巧所煥發出來的兩種精神面貌。隱者通常借由「文外曲致」表達涵泳無盡的內蘊；秀者多半經由「警策美辭」展示情義深厚的外華。理想的散文，應該力求隱秀合一，文外求其富有深義，篇中求其洋溢情采，如此才不致偏於「非隱」的晦澀或「非秀」的美俗。

對晚於劉勰一千四百八十二年後出生的蕭蕭（一九四七－），「隱秀」應該是師大國文研究所碩士的他所瞭然於心。蕭蕭於一九六三年開始他的現代詩創作，一九七〇年開始散文創作，而於一九七〇－八二年之間，全力於現代詩的論評工作。在創作、研究與論評三者幾乎同時進行中，隱的「重旨」和秀的「獨拔」，本來就是蕭蕭認知與實踐相互印證的一個背負——他以隱秀論人，同樣也要以隱秀求諸已，何嘗容易？

但是，一九八二年後，原來以評論工作稱譽於詩壇的蕭蕭成功地掙脫出了評論加諸他創作上的枷鎖，成功地拋棄了他原來「徒秀無隱」的詩創作，神采奕奕地走出了一條通向「隱秀合一」的散文創作之路，他把評論者的冷靜與創作者的熱情融為一體，把創作上的「複意」與「卓絕」兩大功能掌握自如，在冷凝的智和熱烈的愛中，展示了頗為和諧的才情。

二

考察起來，從詩評家蕭蕭到散文家蕭蕭，這種角色的轉換實非易事。一九七八年蕭蕭出版他的第一本詩集《舉目》時，在回憶他前此十五年間「日日與現代詩相處」的心境後有這樣的表白：

> 從天到人的關心，從人到地的熱愛，我有著很深很深的冥合為一的觀念。寫「田間路」，因為自小就從阡陌之間站起來，走過來，難以忘懷沒有玩具的童年，泥土，一大片一大片的稻野，父親黝黑的臂膀，讓我獨自飲泣的竹林……
>
> ——《舉目》〈後記〉

然而，此一自覺，其後並非落實於蕭蕭的詩作品中，而是湧動於越二年後（一九八〇）他開始發表的《朝興村雜記》系列散文中。以一九八二年蕭蕭由爾雅出版社出版的詩集《悲涼》（收錄一九七一至一九八二年全部詩作，含《舉目》）與次年同樣由爾雅出版的散文集《來時路》（原《穿內褲的旗手——朝興村雜記》一九八二年蓬萊出版社版本再版）相互比對，即可發現其中的異同。大抵說來，「舉目悲涼」的蕭蕭的詩作泰半「爲了月色或者晨光／我急成人間最無力的一張／薄膜／吹彈可破」（引蕭蕭詩〈膜〉），而在他的《來時路》散文中，才眞正有了「時代、社會、父母、親友與生命的投影」（引蕭蕭初版《穿內褲的旗手》〈獻辭〉）。這種有趣的比對，看似矛盾，其實正是蕭蕭在轉換其創作角色上的必然。詩則空靈，散文則落實，也正好說明了蕭蕭找尋創作定位的艱苦與掙扎。

然而，即使是散文的定位，蕭蕭也經歷了十餘年的摸索。出版《穿內褲的旗手》之前十二年，一九七〇年當蕭蕭開始投入詩評論工作的同時，他已以詩人之筆，開始了第一本散文集《流水印象》（原題「七個印象」）的創作，此後寫寫停停，直到一九八一年出版第二本散文集《美的激動》（一九六八－一九七九年作品）、並重刊《流水印象》（均為蓬萊版），可以代表蕭蕭散文的第一個階段。相對於詩作，這個階段中蕭蕭的散文可以說是「詩之餘」——以詩的筆法所從事的散文——有趣的是，在詩爲《舉目》、《悲涼》，在散文爲《流水》、《激動》，相當程度地象徵了第一個階段以評論爲主、以創作爲副的蕭蕭，在創作上的「超額」負荷。

在此，我們不妨試以表列方式，隨手以「鄉情」與「親情」二個題材，就蕭蕭在第一階段（一九六八－一九七九）的詩和散文，與第二階段（一九八〇－）的散文，摘其例句，加以比對：

階段＼主題	鄉情
第一階段（一九六八—一九七九）詩	把我埋進你溫潤的第二 層肌膚，深深地 閉目，調息 芒果樹下，和暖的東風 安慰著背脊 我化為一片血水 ——〈故鄉〉全詩，引 自《悲涼》
第一階段（一九六八—一九七九）散文	如何我可以走進山影裏， 看你， 看你病中的容顏？ 我舉頭想你， 無明月可望， 我低頭想你， 惹人心憂的鄉。 ——〈請熄滅所有的燈〉 之20，引自《美的 激動》
第二階段（一九八〇—一九八二）散文	對於朝興村的一樹一石， 為什麼二三十年來我仍然 那樣牽掛？ 為什麼我常常說：「以前 我們不是這樣的！」甚至 我會記掛朝興村南邊那塊 山埔，山埔上只是累累的 墓石而已，甚至於我曾思 考過自己的碑題，「詩人 蕭蕭」好呢？還是「朝興 人蕭某某」好？ ——〈茶杯蓋的故事〉， 引自《來時路》

親情

抵抗過風雨霜露
也抵抗過歲月
這些卑微的皺紋
淡淡地說明
天與地也有溫柔——
溫柔的蝕刻
我們仔細讀著
淪陷後的堅毅
隱約可以聽聞
鏗鏘的金屬聲音
鏗然不絕

——〈小讀父親臉上的皺紋〉全詩，引自《悲涼》

我匆匆折返，因為想起
你的叮嚀，就因為容易
疏忽小節，我常在你的
聲音中驚醒。喔，媽
媽，你的叮嚀就像下雪
時屋內的一盆紅泥小火
爐，溫暖的火光一直在
孩兒心中昇騰。

——〈大雪，紅泥小火爐〉，引自《美的激動》

祖母可是矛盾的人，她會
一直催我趕快去睡，又記
掛這個憨孩子不知道讀通
了沒有？我也是矛盾的
人，一面讀書一面催祖母
去睡了，可是又怕從竹篾
的縫隙裏發出來的怪聲。
「就這一頁，讀好這一頁
就睡！」每天晚上總要重
覆這兩句話，不是祖母說
的，就是我說。

——〈田間路——子時，寒窗〉，引自《來時路》

就第一階段的詩、散文與第二階段的散文來看，蕭蕭的創作，不管在技巧或精神上都有截然不同的精進。大約第一個階段試圖以詩的象徵技巧來求取「隱」的效果，第二個階段則採取散文的鋪陳方式來達到「秀」的效果——顯然地，蕭蕭的第一個階段，緣於他在評論上的傾重，雖放棄了「秀」，隱的效果卻也沒有達到；第二個階段，倒是在「秀」上有了不錯的鋪陳，加上了第一個階段的制約，「隱」也有了表現。文學評論家李瑞騰更指出蕭蕭二個創作階段之改變的另一個特色：

> 在《美的激動》之後，蕭蕭的散文逐漸擺脫了激情的牽絆，雖不能無愁，卻是愁得自然而然。究竟人不能無情，但在題材上，我們發現，他愈挖愈深，愈織愈廣，把真正健康的大地，緊緊地擁抱。
>
> ——《穿內褲的旗手》〈序〉

正是，技巧的蛻化與題材的拓展，使蕭蕭的散文創作有了生機，也使他個性上的「悲涼」與「激動」得以沉潛下來，創作者蕭蕭的形象至此方始浮凸出來。

三

眞正使得蕭蕭的創作者形象顯影出來的，是與《朝與村雜記》同時寫起至今的散文作品，也就是他甫於今（一九八四）年十一月交由九歌出版社出版的第四本散文集《太陽神的女兒》。

蕭蕭在這本散文集中，跳開了他過去十多年間深受現代詩影響的寫作方式，把比興之「隱」溶化於賦的「秀」中，像一座山一樣自然地吐納雲霧，毫不困難地呈現了他的生命的姿彩：

> 生命，當然會有火焰一般熾焱的光燦、咖啡似的熱力，也會有漫漫「寂寞三千」的路，向內心深處延伸，面對天空而無語。我喜歡「太陽神的女兒」這樣的六個字，不僅是因為一羣黃衫的女孩，更因為太陽神是絕對向上迸射的生命象徵，而女兒自有她的委婉和柔舒，生命的本質不就是這樣嗎。
>
> ——《太陽神的女兒》〈自序〉

光燦的進入寂寞，向上迸射的融於委婉柔舒，正是蕭蕭的散文脫離前此階段單向悲涼、激動的特質之一。

即使光拿題材來看，蕭蕭也在《太陽神的女兒》這本散文集的四輯篇章（「火焰咖啡」、「寂寞三千」、「哀田野」及「太陽神的女兒」）中，豐裕了他的生命色彩。通過唯美、激動的感傷，而回頭悲涼的追憶之後，蕭蕭結束了他的後顧，逞目探望，開始了他的前瞻。對於生活、對於生命、對於生態，以及對於校園之情的觸探，都使得他的散文世界顯得更加豐厚。也唯有到了這個階段，蕭蕭才算開始了他一九七八年時所自勵的「從天到人的關心，從人到地的熱愛」（見前引）。如對於生態破壞者的譴責：

> 好心的標本商人來了，他們帶走所有的鷲鷹，以最好的藥水洗淨你的傷痕，仔細梳理你的羽翼，讓他煥發、有神，仍舊擺出鷹類最雄偉的英姿，擺出永遠的傲岸孤獨，與寂寞……他們真是好心的標本商人，堅持維護你王者的尊榮，除了生命他們使你不朽。
>
> ——〈哀鷲鷹〉

蕭蕭運用「反諷」，成功地表達了他對於臺灣生態的悲涼之心、激動之情，讀來令人動容；而對於生活行路的思考，蕭蕭則採取「即物」的方式來表現：

> 高速公路是封閉式的公路，惟其是封閉式的公路，才能是坦直的、開放的，可

> 以縱情奔馳。我們看到他的開放，有沒有想到他的封閉？我們看到他的坦直，有沒有想到他曾承受的重壓？
>
> ——〈高速公路與交流道〉

言簡意賅，但是對於人生行路的肯定則足供讀者思考。於此二例，我們值得注意的是，蕭蕭都不露痕跡地運用了詩的技巧，以散文的方式來達到藝術的效果，與他早期散文中直接「移植」詩的技巧、未作消化相較，的確大有進境。

當然，進境的最後落實還是在於識見思想。同樣是行路，《美的激動》時期的蕭蕭心境如此：

> 路是最遠的那點，我彷彿只看見那最遠的點，沒命的追逐，彷彿那是愉悅的一個目的，到了，就是幸福的擁抱。可惜，落空時多，「閣中帝子今何在，檻外長江空自流。」長江無水時，你也只能看見徒然的砂石無端地坐在那兒，垂頭喪氣。

兩相比對，眞是天壤之別。而在生命的沉思、與人情的摯愛上，蕭蕭卽使也悲涼、也激動如昔，卻都已沉澱在生命的底層，浮上來的是一片清澄，如在他以「象徵」手法詠物的「寂寞三千」一輯中，便大量以物喻人，藉由飛絮、飄萍、石獅、紅樹林、水稻、島嶼……等，來思索人的生命及尊嚴；

> 風吹雨打，飄萍的我終將碎裂。卽使碎裂，依然堅持臉上的一片碧綠，長久以來，這是祖先與我唯一的尊嚴。
>
> ——〈飛絮與飄萍〉

而在蕭蕭十六年散文寫作生涯中佔有頗大分量的情愛之文，也已相應於他的教師身分，從早期的愛情、親情、友情，轉入於師生之情。與《朝興村雜記》依回憶的景物爲出發不同，蕭蕭藉著事件做爲鋪陳的中心，以事件本身具足的啓發性來呈現，也異於早期稍嫌濫情的詠嘆：

> 眞是要拍照……下了樓，我們看見草地上的他們，以謝落的杜鵑花排了一行字

……我才匆匆瞥了一下落花繽紛所成的字……To Sir With Love

眼眶突然濕熱起來，唷，突然靜了下來……

心中靜靜浮昇七個字：落花不是無情物。

——〈落花不是無情物〉

四

《太陽神的女兒》這本散文集雖然顯影出了蕭蕭做為一個創作者的形象，但畢竟只是一個好的出發，蕭蕭的文情之變當然還會有更深遠的層面，他的才學、識見，與他的多情，都是支持他在現代散文創作路途上創造懿績的最佳本錢，但是蕭蕭不能停止他對本性中潛伏的悲涼和激動的琢磨——他可以成為現代散文中溫婉的花，也可以成為亮麗的葉，但我們寧可希望他是把根幹緊緊抓在土地上的樹，在天藍與草青之間，為我們撐起更壯觀的風景，因為——

散文的世界可以更廣濶的。

探索生命與人性的路，我們將發現更多的顏色，在天藍與草青之間，《太陽神的女兒》呈展眾多的可能與姿彩，顯示生命裏還有不盡的水草將會在我的散文世界中繼續出現！

——《太陽神的女兒》〈自序〉

是的，不獨悲涼和激動，生命與人性也有樂觀和沉穩的一面，蕭蕭需要開更多扇窗子，走出書房、走出教室、走出回憶、走出他的多情，向人世索討他欠缺的、砥礪他擁有的。我們相信以蕭蕭的冷毅，他做得到，讓我們期待蕭蕭的下一步吧！

在天藍與草青之間，蕭蕭，請爲我們升起一道虹彩！

一九八四・十・十五・南松山

一九八四・十二・一・《文訊》月刊十五期

既追根，也究柢

羊牧散文集《吾鄉素描》的憶舊風

一

七〇年代末期到八〇年代初期，是戰後出生的新世代作家出場的時段，他們在光復後成長，歷經臺灣由未開發到開發的過程，目睹臺灣由農業社會步入工商業社會的步調，從幼童到而立，不管是對自身成長的經驗，或對社會變遷的感悟，都不同於多他們一輩的前行代作家──他們腳踏臺灣土、眼見臺灣事，取材於斯、追根於斯，也究柢於斯。他們不是無根的一代，也不是失落的一代，他們像剛剛長成而未壯碩的樹，一方面仍在努力盤根錯節，一方面則又伸展青翠枝葉想要擁攬自己的天空。

他們有的生長於市鎮，有的來自於農村，有的在鹽田海濱度過鹹澀的童年，有的在礦區山野踏過崎嶇的道路……雖然成長的經驗各異，但是整個大環境的變革則無殊。他們受教育、長大成人，多半也隨著城鄉的變化逐漸遠離了他們原來的「搖籃」。

特別是對於大多數來自臺灣農村的新世代作家，原來哺育他們的「搖籃」如今已經萎縮凋零──他們可能是從蘭陽平原出發，從鹽分地帶起步，從濁水溪畔跋涉，如今卻大半「殊途同歸」，集中於適合他們發揮的市鎮。但是他們白天追求夢想，晚上難免會縈懷舊「鄉」，那培育他們的家鄉，那養成他們的童年，理所當然地成了他們筆下追懷、抒寫的主題。

這一輩來自農村的新世代作家，甚至就以自己出生地的所見所聞加以系統寫作，舉其結集者，如來自彰化社頭的蕭蕭寫《朝興村雜記》，來自臺南將軍的黃武忠寫《蘿蔔庄傳奇》，來自臺南新營的阿盛寫《行過急水溪》……等，這些大半寫作於七〇年代末，結集於八〇年代初的散文集，不約而同地以回憶的筆調，從不同的角度，映現了四、五〇年代臺灣農村的面貌──我曾在一九八二年以「鄉音已老，情愛長青」爲題，評蕭蕭《朝興村雜記》的文章中稱之爲「回憶文學」，並預測：

> 題材是農村經驗及其轉化過程，筆法是敘事而又彷如「說書」，其意義則是提出過去經驗而同時呈現今日經驗並加以整合的這種「回憶文學」，或許將是今

後數年間主要的一種文學面貌吧！

睽諸這三、四年來新世代作家在散文寫作上的主要脈流，此一臆斷似乎已獲證明。

二

來自雲林虎尾的羊牧，以他生長的農村爲題材所寫成的系列散文集《吾鄉素描》，也正是這種「回憶文學」脈流的典型作品。

收集在《吾鄉素描》中的五十七篇散文，依其發表日期（民六十九年到七十三年，而又特別集中於七十三年）可知係寫作計畫的產物，作者在〈代序〉中也如此自述：

> 提筆多年，一半是長者的期許，一半是對自我實現的一分渴望。手執一支笨拙的筆，我一直在為故鄉——濁水溪勾勒出它們樸拙的風貌……
>
> 包括……《濁溪組曲》以及……《吾鄉素描》，我都是朝著這個目標在一寸一寸地前進。

以作者生長的濁水溪畔的故鄉做爲寫作題材，「勾勒出它們樸拙的風貌」，可以說是《吾鄉素描》的主線。作者把「鐫刻在記憶的心版上」的「童年的歡笑」與「大人們拚搏掙扎的血淚事蹟」（引〈代序〉）一點點地鋪陳出來，並試圖加以整合的心願也依稀可見。但不同於蕭蕭的溫潤、黃武忠的和煦、阿盛的辛辣，雖然處理的題材同樣是「吾鄉」舊事，羊牧的筆調則是樸拙的：

> 那個風鼓自我懂事以來，每年雨季稻穀收成以後，它一直扮演著去蕪存菁的角色。由於年代已久，表面的黑漆斑駁了，木材裁成的骨架，也被蛀蟲啃蝕得千瘡百孔；但是我喜歡它的古色古香，在我的心目中，它一直是個勞苦功高的長者。
>
> ——〈風鼓〉

一如引文，在百來字對於風鼓的感情的敍述中，運用了「去蕪存菁」、「千瘡百孔」、「古色古香」及「勞苦功高」等四個慣用成語，可以說作者不管是有意或者無意，似乎毫不在意修辭或文藻的功用，只是意到筆來，平鋪直敍地把他對家鄉童年、故事舊物的心情表達出來就「於願足矣」！

但是，如果我們更細心地加以檢視，則會發現，這幾乎已成爲羊牧行文上常見的習慣——而且如單就《吾鄉素描》來說，他似乎也「意不在此」，對他來說，也許「越過吾鄉背後的砂崙，步上早已荒蕪破敗的溪岸，放眼遠望那一大片蒼茫」（引〈代序〉）才是他的本意吧！

看他寫鄉人「播田」的第一步：

育苗的工作……先從揀穀開始，把那些不够飽滿的敗穀和其他的雜質挑出來；選定的穀種，放在大米籮裏，一大早挑到池塘或排水溝裏浸水，傍晚再挑回來，一邊上下不停地簸動，一邊以嘴含著水不停地噴灑。如是大概五、六天，穀種長出一、兩公分雪白的嫩芽，就可以挑到整治好的秧田去撒種。

文字平實，卻俐落地把育苗工作的艱辛「不著艱辛」地寫得十分貼切。也由此可見羊牧寫的是眞正的生活，他生活的農村，以及他在農村所聽聞的、所眼見的、所參與的、所思考的生活。

他所聽聞的，大半是離開家鄉後故舊人物的悲遇和變離：如〈下場〉寫「赤牛仔」被殺、〈問天〉寫阿全伯的鬱終；他所思考的，集中於對鄉人的無知與勞碌的悲憫（如〈迎神〉、〈鄉親〉、〈長工〉、〈大水〉、〈看病〉……），以及農村經濟的衰頽（如〈土牛〉、〈下田〉）；但做爲「素描」的可能的，還是他所眼見的農村風土和他所參與的童年生活，而且也以這兩者發揮得最爲深入、感人。

寫農村風土的，除前引的〈播田〉外，有〈婚事〉、〈灶孔〉、〈西瓜〉、〈廟口〉、〈幫浦〉、〈石磨〉、〈煉油〉、〈風鼓〉、〈豬哥〉、〈水牛〉、〈推草〉、〈拾稻穗〉、〈拾柴〉、〈大埕〉、〈大灶和吹竹〉、〈年俗〉、〈鬼嫁〉、〈棕蓑〉……等，在這些篇章中，羊牧著墨最多的，大抵都是這些已經或將要消逝的風土民物的細節：

石磨大概分成三部分，在上面的磨石，用來轉動以便把米粒磨細，中間有一個漏斗形的孔洞，帶水的米粒由那裏流進石磨裏；在下面的是底座，中央有一個生鐵做的軸和上面的磨石銜接，四週是一道凹下的溝槽，用來承接磨出的米漿，溝槽的出口處，綁著一個米袋；第三部分是磨鈎，用來推動石磨的把手，一端鈎在磨石的圓鐵環上，一端懸在屋樑上，推石磨的人兩手扶住手把，不必擔心磨鈎滑落。

——引〈石磨〉

描寫精細，可知觀察深刻，而文字雖然樸素，但層層推進，條理清楚，不帶廢字。在新世代作家中，對於器物風土的處理如此細膩者，的確少見。而這也正可顯出《吾鄉素描》「究柢」的功力——一方面它記錄了農村風土的演變，一方面也使得這些風土景物，以最明晰的形象進入讀者的心中。

與農村風土之「究柢」相對的，是作者對童年生活的「追根」。前者的冷靜，在這裏轉爲溫情。這一部分所佔篇幅也最多，舉其要者，如〈等路〉、〈足下〉、〈童年〉、〈遊戲〉、〈鐵馬〉、〈電視〉、〈學戲〉、〈釣青蛙〉、〈溫暖的冰〉、〈捉泥鰍〉……等，大抵都以「憶昔思今」的方式加以比對處理：

那時候肥料還大宗地仰賴進口，用完的肥料布袋，媽媽洗淨以後，就用來縫製我們的汗衫……打起躲避球，分隊最方便……順理成章地就是「硫安隊」和「尿素隊」的大對抗。那時候，還接受美援，麵粉吃完以後，麵粉袋就拿來做褲子，不少人的屁股，赫然就是「中美合作」的；現在的小孩因為同學們都穿「小YG」，而不肯再穿「BVD」，和他們的母親扯不清時，我都忍不住搖頭嘆息。

——引〈童年〉

這種今昔比對、憶苦思甜的寫作方式，大概就是做爲「回憶文學」的不得不然吧！透過比對、衝突，浮顯感慨之情，恐怕也是較易達到效果的技巧。就前引文例而言，作者在「憶昔」的部分稍帶諧趣的敍述顯然是成功的，在「思今」的部分，借用「小YG」與「BVD」來做對比，也簡捷有力。然而用「對比」主要是在求其「意在言外」，讀者經由「對比」已足可藉由個人經驗，感覺到作者的感慨，則末句便成累贅，加以修辭也嫌粗糙，便易流於濫情了。

作者在處理情感方面，即使文辭樸拙，在他以「追根究柢」的冷靜觀察來描寫處理的題材時，多數都能感動讀者；但當他隨意地讓自己的感慨介入時，則又多半失敗——某些固定模式也經常出現於篇章中，如「素描」之後，爲了比對，甚多篇章的末段皆以「如今……」作結，而此一「如今……」模式，又率多以感慨句出之，偶爾爲之尚可，不斷出現則稍嫌懶情矣！

或者這也是所有「回憶文學」易蹈的覆轍，不獨羊牧一人爲然。如何使自己不落入回憶的泥沼中，如何透過追根究柢刻繪景色，而把讚嘆、感慨留給觀看景色的人，應該是値得所有提筆創作「回憶文學」的作者深思的課題吧。

三

但無論如何，身爲戰後世代的作家，羊牧對於三、四十年來臺灣農村形貌的追根究柢，及其所下的工夫還是可觀而値得敬佩的。

他筆下四、五〇年代濁水溪畔的小村，其實正是臺灣所有農村的樣貌；他筆下的童年，也是所有從那個年代生長過來的新世代的回憶——記錄那個年代的農村，緬懷這個世代的童年，這種根柢的追究，正是社會變遷當中値得我們正視、珍惜的財富。而也唯有透過如今已屆而立之年的新世代作家筆下，所刻繪下來的舊社會的樣貌，新社會的進展才有它的意義，新一代的長成才更可貴！

我們還需要更多的「羊牧」，我們需要更多的來自臺灣各個不同角落的作家，提供他們對於自身生長地的回憶，追生活的根、究生命的柢，這不止是因爲：

> 吾鄉的那些淳樸的風尚和習俗，總有一天要被遺忘；趁著還能提筆的時候，記一點就算一點，能保留多少就保留多少吧！
>
> ——引自〈童年〉

同時也緣於我們更需要珍惜今天、展望明天。而唯有根柢深厚的昨日，我們的文學或社會才有可能像一棵樹一樣，擁有枝葉茂盛的今天，昂然地指向蔚藍晴空的明日！

一九八五・五・二十四・南松山

一九八五・六・八・《臺灣時報》副刊

新營到臺北

阿盛《綠袖紅塵》的世間相

一九八一年九月，卅一歲的阿盛「大器晚成」，由蓬萊出版社為他出版了第一本散文集《唱起唐山謠》，收錄了他自一九七七年十二月起發表的散文十三篇、雜文三十一篇。在後記〈我唱歌謠請你聽〉一文中，這位來自新營的小子頗有自信地說：

你若細心點，應當可以察見出我對這人世間的許多觀照影像，也應當可以聽聞到我心中最誠真的柔和的歌謠。比如說，我喜歡溫溫的刺，不喜歡熱熱的罵……我喜歡活跳健康的人性，不喜歡矯揉做作的官僚；我喜歡自己生長的泥土，不喜歡把鄉土捏來捏去當文學的口號。

這段話基礎地闡明了阿盛的寫作趨勢及其文學觀點，並且貫徹、延續於他此後時歇時續的散文創作中。

阿盛的第二本散文集，直到三年後（一九八四年）的三月才出版。在這本主要以精悍雜文爲主的散文集中，阿盛更加發揮了他「溫溫的刺」的長才，其中以〈兩面鼓先生小傳〉尤其膾炙人口。同樣的，阿盛在此書自序〈不是蘋果派〉中，扼要而精準地勾勒出了他自己的創作理念：

> 這本書中的每一篇文章，都是用「白話」寫成的——白話者，坦白的平常話也，蓋身處價值觀念混雜得有如千團糾葛亂蔴的人世間，我深覺太多的謬論已經扭曲了太多的人性。

同年十一月，阿盛的第三本散文集《行過急水溪》與《兩面鼓》一樣也由時報出版公司出版。這本散文集收錄了溯自一九七七年起阿盛重要的散文作品廿一篇，多元而集中地顯現了阿盛對於「泥土」的感情。在自序〈歲月走過〉一文中，阿盛又一次強調：

創作不應是架空的罷？正如同畫出來的禾穗無法收割，離開土地，文字只是虛幻的遊戲。現實的人世，實在好像那滴在土地上剎剎作響的西北雨，不能潤濕稻田的雨滴對稻田毫無助益。……聞不到人氣的寫作者，畫出一千個蔥油餅也填不飽一個三歲娃兒的肚皮，雲端作家能給我們什麼呢？

此一論點，基本上不離《唱起唐山謠》階段阿盛的創作觀。可以說自一九八一年，不，一九七七年阿盛開始他備受矚目的創作以來，「人世」與「泥土」兩大主題便是他所有散文的重心；而其技巧多半使用「溫溫的刺」的「白話」，並藉以彰顯作者對於「人性」與「土地」的情感。

追究起來，《兩面鼓》與《行過急水溪》分別拆自《唱起唐山謠》的兩輯而加以類別化。因此，這兩本書之不離當年觀點，也是理所當然的事。阿盛在出版這兩本書後，實際上已完成了他第一階段的文學自我——來自急水溪、來自新營的阿盛。

其實，在寫作《兩面鼓》與《行過急水溪》兩書的七年間（一九七七—一九八四），阿盛已離開他的故鄉新營，在繁華的城市臺北工作。他從「河床日漸淤積」的急水溪，來到萬華大理街的七年時光中，回顧兒時、農村的心情，大概與所有來自中南部城鄉的戰後代類同，而「回憶文學」乃就共同地成爲八○年代初期新生代作家的主要課題。

然而，七年的急水溪舊日生活的回憶終有盡期，七年大理街及其週邊社會的觀照則已漸趨成熟。在歲月的汰洗下，天光雲影走入阿盛心靈的方塘中，一九八四年十一月出版《行過急水溪》的同時，阿盛開始了第四本散文集《綠袖紅塵》作品的發表。

《綠袖紅塵》，蒐集了阿盛自一九八四年九月至一九八五年七月，九個月期間中密集發表的散文三輯二十篇。寫作密集，處理題材也密集而更深入地表達阿盛的「人性」與「土地」之情，而最令人矚目的，莫過於做爲書名的一輯「綠袖紅塵」。

「綠袖紅塵」表現出了阿盛散文的「臺北經驗」，也顯示了阿盛散文風景的新貌。本輯五篇作品，從不同的角度，藉不同的敘述方式，探討下層社會的人性交雜，可說是三十多年來臺灣散文界較有系統處理下層社會的作品，也相當能代表阿盛「對這人世間的許多關照影像」。其中尤以取材於新聞事件的〈變色的月娘〉最撼動人心。聚賭抽一百元的「頭」的一○二歲老太婆林簡氏、在西門鬧區賣口香糖的一頭銀絲的老奶奶、養老院中使勁搖撼鐵門的老太太、守著內湖一塊六分半的田的七十歲老農婦、以及「比民國早生了兩年」在龍山寺附近拉客的老阿嬭，她們被遺棄、被冷淡、被羞辱的羣像，透過阿盛筆端，讓我們驚見了臺灣社會的老人問題及女性地位，均在有意無意間被「兒孫們」、「兒子們」、「所謂子肖孫賢」們、「後生」們所漠視、踐踏。阿盛取材的角色，其實也是象徵——不管在鬧熱街市或田畝之中乃甚至幽黯的角落，上一代的悲苦在下一代的糟蹋中，那「畫滿寂寞線條的臉」、那「散發著淒涼的古老顏色」的銀絲、那「沒發瘋的正常人也有可能顯示出來的恐懼的眼神」、那「否定世上有所謂子肖孫賢」的罵這罵那……都不是一個正常的社會所願意發生的羣像。

同樣牽涉到女性尊嚴，年輕的女性又如何呢？阿盛透過〈綠袖紅塵〉的應召女郎、〈墜馬西門〉的坐檯女郎的自述，告訴我們情形更不樂觀。應召女郎「我」及芳芳、秋秋、如如、虹虹、屏屏等六個來自平地或山地的「折斷了翅膀」的女孩的故事，和來自鹽水鎮農家的咖啡廳坐檯女郎「春春」的自白，在阿盛筆下還是「多少有點自卑、多少有點小聰明、多少有點理想、多少有點可憐、同時有很多罪惡感的普通女人」，但她們的遭遇如出一轍——總是來自鄉野、家變，用不同的方式、理由墜馬於紅塵——這二篇散文其實不在告訴我們故事，故事背後的場景，也就是臺灣六、七〇年代以降的社會轉型、農村的破產、都市的墮落，以及改變中的社會結構下女性的弱者身姿，或許才是阿盛關心的重點吧！

「綠袖紅塵」這輯作品，雖然取現實題材、描社會眾生相，技巧上依然保持著高度的掌握能力。明顯的例子，如前述〈變色的月娘〉對五位老婦人的稱呼均各自不同，〈綠袖紅塵》主角「我」的主述及旁敍，以及阿盛散文風格的簡潔、俐落而又多轉折，在在印證了寫實與藝術的相携相提，不互牴觸。

敍事性格一向爲阿盛所長，所以阿盛的散文通常具備小說的外緣形貌，讀來引人入勝。「綠袖紅塵」之外，輯一的「稻菜流年」——大概應屬阿盛「新營經驗」的一個總結——如此，輯三的「夢裏花落」——延續阿盛「閒雜文等」的諧趣幽默——也是如此。抽掉故事、抽掉敍事，則阿盛的魅力大概要減損掉大半。而這應該正是阿盛能以少數篇章崛起於七〇年代文壇的主要原因吧！

總結來看，《綠袖紅塵》這本散文集就阿盛的散文創作路途言，是一個重要的里程碑——它顯現了阿盛脫離老舊、單純的新營，走進繁複多端的臺北社會的轉型，觀照人世間社會羣像的「綠袖紅塵」一輯，所佔分量雖仍不多，但已證明了阿盛向更複雜的都市形貌探索的能力，猶如一棵不斷茁長的樹，「綠袖紅塵」雖然與「稻菜流年」、「夢裏花落」雜然並存，卻以其新生的萌芽，在樹梢尖端，指出了另一條壯濶的新路。從此開始，阿盛原來所秉擅的憶舊與諧謔有了沉澱、萎凋的可能。茶葉必須經過萎凋作用始能發酵熟稔，繁花落盡也才始見眞醇。《綠袖紅塵》這本散文集給我們的就是這種感覺。

與阿盛結爲摯交六、七年來，每爲阿盛創作之稀扼腕，爲阿盛在生活負擔下未能多所創作扼腕，然而阿盛強哉矯，阿盛不衰，在《行過急水溪》後，他打出了長期醞釀的「臺北經驗」牌，以幾乎只有半年的時光，寫下了這本具有更往前推進之可能的散文集。在出國前夕的子夜燈下，我禁不住要爲阿盛高興。來自新營的他所寫下的這些臺北經驗，不僅刻繪了轉型期社會的變革軌跡，其實也寫出了與阿盛一樣——在戰後出生長大，來自像新營這般大小的南部鄉下，而如今仍不得不在臺北一般的城市裏爲生活奔忙——的一代的悲喜心情。

阿盛，且讓我們這一代更具自尊、更爲勇健地來爲臺灣這塊土地及人民寫出更多有信心的文學。

一九八五・七・三十一・南松山

一九八五・八・二十八・《臺灣時報》副刊

一九八五・九・《前衛雜誌》(7)

島物島事不島氣

評阿盛散文集《春秋麻黃》

一

自「鄉土文學論戰」以來，近十年間，戰後在臺灣出生的新世代作家風起雲湧，以他們與臺灣這塊島嶼緊密切合的生命經驗，透過小說、詩、散文、劇作與評論，不斷發出聲音，各有擅長地寫出了深具臺灣經驗的佳作。他們沒有戰爭的經歷，有的只是臺灣山川河海的體驗；他們的作品脫除了流離的苦悶、亂世的浩歎，多的是土地的踏實、現實的肯認——他們在十多歲的階段詠讀〈失根的蘭花〉、二十多歲的階段悲歎〈亞細亞的孤兒〉；到了而立之後，方才肯定地確知自己是臺灣番薯，渾身土氣，卻與土地相偎相依。

也彷彿伴隨著他們的成長，臺灣的政治、經濟、社會、文化，幾乎每十年就有一次變動。這些四、五〇年代出生的作家，可說是在三、四十年來臺灣社會變遷的搖籃中成熟。他們多半出生於戰後的小農階級家庭，玩過泥土、撿過稻穗；而後成長於六、七〇年代工商業化的轉型期中，穿過「中美合作」的內衣內褲，迷過存在主義和搖滾樂；然後成爲新生的勞工階級或中產階級，焦慮地注視臺灣現代化的腳步，有信心而又激切地期望這塊土地的改革。

「鄉土文學論戰」的爆發，對這羣新生的作家來說，正是結束他們摸索階段，決定他們寫作生命的里程碑。部分作家，在論戰後暫時輟筆，或投入其他的政、經、社會層面；相對的，是部分作家的覺醒、堅持，以及更多作家的投入、闡揚，他們意氣風發，不爲所阻，一步一步，踏著臺灣社會進展的軌跡，寫出了有朝氣、有自覺、有信心的作品。他們描寫小農階級的衰頹，刻繪新興勞工階級的苦悶，抒寫中產階級的憂慮，乃至於對轉捩點上的臺灣提出了他們的抗議與不滿——不管有意識或無意識、願意與不願意，幾乎沒有一個年代的作家羣像他們這樣，每一種不同的聲音都和八〇年代臺灣的脈動相呼應。

也在這一羣作家初昇於臺灣文壇的同時，少數前行代作家開始苦心孤詣地忠告這些新世代作家，在「島物」、「島事」的寫實下，要探看世界，開拓格局，以防落入島國心態，流於「島氣」。這種忠告，的確值得新世代作家引以爲戒，特別是放眼臺灣的未來，我們如期許她在世界舞臺上扮演適當的角色的話，往昔自卑、自憐的情結便必須轉化爲自尊、自信，與其他國家、地區的人民共同建設美麗的世界、幸福的未來。

不過，在肯定此一忠告之餘，所有關心臺灣及其未來的作家，同樣也在面對著這樣的課題與考驗，那就是島物島事的刻繪，是否勢必帶來島氣？同樣地，島氣是否一定存在於島物島事之中？換個角度來看，避免或者放棄島物島事的刻繪，是否就眞能免於島氣？

這個問題値得我們思考，卻不一定要立刻有個答案。也許我們應該冷靜、認眞地覆按這些新世代作家的作品，從他們幾乎與島物島事不能須臾離的作品中，尋求較不偏違的瞭解。

而阿盛，這位來自南臺灣急水溪畔，在鄉土文學論戰爆發當年起步，從〈厠所的故事〉以降，近十年來不斷抒寫島物島事的散文家及其作品，大概可以提供給我們一個參考吧！

二

從一九七七年阿盛發表他至今仍然膾炙人口的〈厠所的故事〉以來，他的散文創作，源於報社編輯工作的覊絆，並不順遂。一九八一年，他出版第一本散文集《唱起唐山謠》時，是把抒寫島物的抒情性散文與議論島事的批判性散文（所謂雜文）都爲一輯；直到一九八四年才補入新作，將這本散文集拆一爲二，分別收入《兩面鼓》（批判散文集）與《行過急水溪》（抒情散文集），正式確定了阿盛的散文風貌；這時距一九七七年已有七年之久，可見其寫作路程上的艱困。

幸好苦盡甘來，一九八五年阿盛乘「盛」追擊，推出了他從鄉村階段邁向都市階段的第二本抒情散文集《綠袖紅塵》；一九八六年推出從諧謔層面深入批判層面的第二本批判散文集《如歌的行板》，連同這本抒情散文新作《春秋麻黃》，兩年間，三本創作，確屬豐收。這種事實，一方面自然是阿盛才華洋溢，一方面也證明了臺灣雖小，但島物島事仍無限開濶，容得一位有慧心、有定見的作家俯拾卽是，不斷挖掘。

再仔細檢索阿盛六本散文集，無論篇目也好、內容也好，概與臺灣這座島嶼的土地、人民、生活相互關聯。當然隨著歲月的遞嬗、生命的成熟，生活經驗的富實與寫作技巧的強度有某種程度的進展（如在題材的拓展上，由鄉村階段生活的追憶，而都市階段生活的呈現，以至於本書延伸到異國接觸的思索；在寫作技巧上，由抒情散文、批判散文的明晰分野，而抒情批判雜然交織，乃至於本書觸及小說界域的嘗試），但萬變未離其宗的，是阿盛的筆一直圍繞著的島物島事。它們是散文阿盛的土地，也許渺小瑣碎，卻十分堅實；也是散文阿盛的天空，看似狹窄侷促，卻無限深敻。

作品本身是最佳的證明，試以阿盛這本新作《春秋麻黃》來看。《春秋麻黃》收錄了近半年來阿盛絕大多數的新作，分輯四附錄一。輯一「春秋麻黃」四篇寫鄉村物事，輯二「有請蝶仙」四篇寫都市物事，輯三「腳印島嶼」四篇寫離島物事，輯四「海玉還君」三篇寫異國物事，附錄〈武俠散文〉則存供參酌，可暫時不論（不過，這篇散文也可視爲阿盛對八〇年代初起的大眾文學的肯認，並可見出其勇於嘗試、突破框框的寫作個性）。四輯作品的編列與題名，有意無意中透露了阿盛的用心，由鄉村到都市、由離島到異國，阿盛行踏步趨，所見者島嶼的景色人事，所思者島嶼的過去未來；即使輯四寫韓國所見三章，也無非以彼視己，仍然投射到臺灣的物與事之上。

例如〈半島無窮花〉，透過「我」、「林武信」與韓國導遊的對話，展現出兩種不同的民族性格與文化自尊。在兩位臺灣觀光客的所見所聞，與不時想起、提起臺北、永康公園的牛肉麵、阿里山、臺灣東部的公路……的對話中，阿盛指涉著南韓與臺灣的相同問題，同樣地也觸及了同源文化的歧出歧入；與此類似的是〈高麗亞三題〉，經由古蹟的維護、民俗村的整建、女性處遇的不同，阿盛刻繪出了臺灣與南韓的強烈比對，這是在臺灣生長三十餘年的作家離開臺灣後必有的反應，其中難免也流露出大漢沙文主義的文化心態，未能適度地調整對異國自主文化的尊重（此一現象普遍存在於臺灣作家的心中，也許，愈早揚棄大漢沙文主義，才可能眞正的袪除「島氣」，認識自己的正確位置，以平等之心看待就算過去同源，而今則已異流的「兄弟之邦」吧！），然而這不是阿盛的錯，他只是誠實地反映了現存於臺灣的意識糾纏。

這種微疵，到底也不影響阿盛在抒寫島上的物與事之際所拓展的寬濶格局。質言之，所謂「島氣」如果如一般批評家所說的「島國心態」，阿盛也是甚少這種「氣」質的作家。

三

與前述「海玉還君」一輯成有趣對比的，則是輯三「腳印島嶼」，以其中一章〈腳印蘭嶼〉來看，相對於阿盛對韓國人極力排除漢文化的不解，這篇散文則流露出對蘭嶼本土文化重建的肯定與期許。文章前段寫蘭嶼青年拒絕「臺北來的」觀光客施捨香煙給老人，後段寫蘭嶼女知識分子對「臺北有太多混樣子的專家學者和一知半解的人」的諷刺與不屑，可說是一篇頗具自省能力的佳作，對弱小民族與文化的尊重，來自於強勢文化的反省與謙虛，全篇毫無自大驕狂的島氣，對於土地所孕育出來的人民、人民所創造出來的傳統、傳統所傳承下來的文化，阿盛的尊重何其鄭重！

由輯三與輯四作品中，同樣的阿盛在面對兩種不同的異文化所流露出的態度，似乎也解決了我們先前的疑問；關心臺灣的土地與人民的新世代作家，他們描寫臺灣的島物島事的作品，不但不會流於島氣，卻更展現了廓然的格局；反而是在接觸到看似同源，其實異流的異國文化之際，受限於大漢沙文主義，而至流於窄化，不時惦記著「解說古蹟的人用韓語、日語、英語，就是不用中國語」、「爲什麼你們不用中國字」（〈半島無窮花〉）。這一個心態上的不同，也許値得我們反省。對於現實臺灣的肯認與挖掘，帶來的是有信心的開濶胸襟；但當我們一味沉迷於文化中國（肯認是必要的）的陰影之時，反倒容易受到限有。

輯一、輯二的作品，除了再一次證明阿盛對於現實臺灣的深刻掌握，也同樣告訴了我們，阿盛手寫島物島事，心上則絕無島氣的文品。「春秋麻黃」四篇，分別借由木麻黃的觀察、麻雀的刻繪、民謠的傳唱以及師恩的感念，寫下三十多年來與阿盛生命過程相符的臺灣歲月；散文阿盛所特有的「說書」風與寫實眞味，使得集中四章洋溢出了特屬於臺灣的色彩，自然景觀（動、植物）與人文景觀（民謠、師恩）的浮凸，基本上也週延了早期阿盛此類作品的不足，阿盛特具魅力的鄉土散文，似乎要到此才有一個初步的大成。而〈有請蝶仙〉則延續著散文集《綠袖紅塵》來，是都市眾生的浮世繪，〈天星伴天涯〉寫走唱歌女的漂泊、〈白玉雕牛〉寫老人的溫情、〈借路古城〉寫獎券行競爭與古城舊事、〈有請蝶仙〉寫蝶仙迷信，都是大街巷的小故事。可見阿盛對都市化社會中小人物的愛恨苦樂，慧眼獨具，而且刻劃入微，以一個戰後代作家能對人情世故如是通達，確實不易。

四

對於鄉村階段的土地的掌握，對於異化為都市階段後的人性的剖析，正是特屬於七、八〇年代臺灣作家的兩大重要資源；島物島事的描繪源於這塊土地及其人性的變遷，作家隨之成長，也在成長中不斷觀照。臺灣文學的可貴，即來自於文學與土地的密切結合，阿盛的散文，證明了這種觀點的可貴；更正確地說，阿盛的作品，本身就透露出這樣的訊息——它相當有代表性地象徵了新世代臺灣作家的根性，這一羣新世代作家的創作資源，就在他們雙腳所踏、兩肩所置的島上，他們無需外求，只要踏實地呈現臺灣，表達臺灣，他們的文學就不是失根的蘭花。這塊土地狹小但是厚實，而那正是可以貢獻於世界文學之未來的資本，只要努力，臺灣文學的大成，將為世界文學開出另一扇窗子。

明乎此，新世代的臺灣作家大可更樂觀、更有信心地邁出他們的步子，不用擔心這個海島限制了自己的格局，不必駭怕島事島物的抒寫「一定」帶來島氣。臺灣作家要擔心的是，缺乏具有包容性的文化視野，一味依賴外來的潮流，穿不合身的制服，虛矯地撐起身段，而終於崩潰掉了僅存的尊嚴，對強勢文化屈服、對弱勢文化驕矜。瞭解自己，給自己最適度的定位，即使土氣，最少擁有土地；即使弱小，最少可以不做亞細亞的孤兒。

阿盛的作品給了我們這種信心，眾多新世代作家的恢宏格局也爲我們建立了自尊。而就在這種自信與自尊的文風下，我們樂於見到更多作品，更深刻、更周延地刻繪臺灣的島物島事而了無島氣。

一九八六・八・二十六・南松山

一九八六・十一・三・《自立晚報》副刊

且彈且長嘯

側寫林文義及其《撫琴人》

從十九歲起，林文義在聯合副刊發表〈岩岬的故事〉、〈山林小簡〉、〈深山行〉等小品，開始他此後漫長而執著的散文創作，到如今這本散文集《撫琴人》的出版，悠悠歲月，十四年過去了。

十四年，可以使一個幼童成年，也可以使一個作家成熟。這十四年來，林文義把他的夢幻、愛、悲愁與理想，整個投入散文的天地中。透過散文的筆，他先是與所有戰後出生的作家一樣，抒寫一己的愛恨激情，用唯美的情調建構了初期的風格；然後隨著臺灣政經社會與文化的轉型，有自覺、能反省地走出了任性的個人的陰影，把自己投進人間，行踏土地，爲濁世找清明，替流離尋安定；記載人性的形貌，刻繪人類的尊嚴。十四年來，散文的林文義，透過林文義的散文，相當程度地表現了新世代作家的成長與省思。

也在這十四年當中，臺灣的當代文學有了與時俱進的改變。從作品內容的虛無放逐到尋根拓土，從作品形式的劃一單純到繁複多變，愈來愈多的創作者體會到，內容與形式是一而二、二而一的；在文學創作的路途上，「寫什麼」跟「怎麼寫」都具有同樣重要的意義。「泛現代主義」與「泛現實主義」已無法涵蓋創作者的路向，也無法滿足多元化社會中讀者的需求。

作爲一個傑出的新世代散文家，林文義不管在個人的心境或創作的突破上，相應於這十四年間的變化，都有著更急切的亟求，在本書後記〈作個寫字的人〉一文中，他就如此表白：

> 如果文學只為了歌頌與讚美，如果文學只是「心靈貴族」的專屬，我寧可不要。我但願我的創作是臺灣島嶼的堅實形象，是人們真摯的聲音。……
>
> 我一直認為，現代的散文應該用平實無華的文字，描繪土地與人民的真實風貌。

這種把創作的技巧歸於「平實」，內容置於土地人間，而其精神則指向「真摯、真實」的創作觀，正可以供我們據以索解林文義近期散文風格的形成與定位。

的確也是，一個熟悉林文義早期散文那種「美麗與哀愁」風格的讀者，恐怕很難接受或者想像林文義近期的轉變；一個喜愛林文義近期這種「沉重而悲鬱」風格的讀者，想必也很難想像或者接受早年林文義作品的虛華浮豔——以一九七七年爲界，那年二十五歲的林文義，在這之前出版了《諦聽，那潮聲》、《歌是仲夏的翅膀》、《天瓶手記》等三本散文集，發表了〈碧莉雅思之書〉十四篇。光從書名篇名來看，率皆不脫情愛的散盪；然後是二年的停筆與漫畫創作，復出後開始《千手觀音》、《不是望鄉》、《走過豐饒的田野》等散文集的寫作，而找到了創作生命的領土——如此從浪漫而沉潛，自虛華而落實的歷程，足以證明一個作家成熟之不易，也彰顯了林文義作爲一個作家的自覺與眞摯。

這種自覺與眞摯的特質，愈到近期愈是顯得突出，而幾乎是全神貫注地表現於近一年來的作品之中。《撫琴人》這本題材廣泛、精神集中的散文集，正是此一特質的精粹所在。《撫琴人》分三卷，收二十七篇散文近作，從「悠悠濁世」、「十里紅塵」到「島鄉行路」，題材上有舊時人、物的追懷，有現世人、物的刻繪，有此時此空的行踏步趨，而其精神則不外乎土地與人民的關注。從時間上看，寫的是作者從兒時到今天將近四十年的回憶，也伴隨著回憶，點描了四十年來臺灣城鄉結構的改變；從空間上看，寫的是作者所走過的城鄉島嶼及其省思，也伴隨著此一省思，反映了八〇年代臺灣的眞實映象。由此可見，林文義似乎試圖著在這本散文集中，突顯他的「臺灣經驗」，記錄下我們所生存的時空，讓可能灰飛煙滅的留存影像，讓已經殘缺黯鬱的獲得抒解，讓我們透過他的筆，去認識當代的時空與環境。

不過，由於作家天生的悲憫，在「我自己也在創作過程中蒙受著一種生命裏的淒苦」（引自〈後記〉）之中，林文義作品的基調往往也是「淒苦」的。他不同的作品中經常出現「孤寂、迷惘、疲憊、陰暗、苦痛、悲痛、哀愁、淒涼、殘缺、困惑、愁苦、哀傷、淒清……」等字眼，用詞容有不同，作者「且彈且長歎」的自傷則無二致。作爲書名的篇章〈撫琴人〉，其實正略似於林文義：

> 是否午夜夢回，在幽暗的室內，會有一聲若有似無、長長的歎息呢？

這是對於「撫琴人」的疑問，何嘗不也是林文義十四年來創作生涯的寫照。無論是寫作的路途、散文的風格，乃至於創作的心靈，基本上，林文義的「多愁善感」，並未因寫作題材與觀點的改變而有所易質。

也許，這正是散文林文義獨具魅力的所在。然而，逝者悠悠，來者渺渺，在悠悠渺渺的時空易變中，林文義，以及眾多的新世代作家，讓我們「且彈且長嘯」，自尊而勇健地去擁抱永不易變的土地與人性吧！

一九八七・一・九・《民眾日報》副刊

混東洋風與本島味的血

解陳輝龍《彼昔景相》的結

一

這是一本令讀者目眩神迷的散文集，猶如書名《彼昔景相》一般——用白話來說，就是「從前的景象」，而作者陳輝龍卻非用臺語式的「彼昔」（彼時）串聯上日文式的「景相」（不過，即便日文也無此詞，日文中的「形相けいそう」近似之）來表達不可——集中篇篇散文，都瀰漫著這股東洋風與本島味相互混血的「雰囲気ふんいき」。可以說，這根本不是一本「純淨的中文」散文集，她已告別了中國現代文學的花園，成爲在臺灣這塊土地上自生自長的奇花異卉。

這樣「怪奇」的散文，純就文學經營而言，是被允許的；這樣「彎翹」的散文，出自於她的主人陳輝龍筆下，也毫不「脫線」。與其說陳輝龍寫下了這些詭異的散文，毋寧說是詭異的陳輝龍使用了他青少年時代的「彼昔景相」來自然地表現出他的生活和生命風格。而他的風格與我們這個年代中絕大多數的，不，千分之九百九十九的作家截然不同。他完全無視於中國文字的經典規範、也無視於中文文法的約定俗成，他使用著漢字，卻按照自己的解釋與喜好驅遣這些漢字、給予意義，從純粹中國文學的角度看，這是一本「中文程度不及格」的散文集。

但是，正如所述，這本散文集必須從文學本身來看，從陳輝龍本身來看，她不是陳輝龍爲了符合中國純粹文字使用而寫的，也不是陳輝龍爲了表現中國文學之美而寫的。陳輝龍對漢字漢語的扭曲使用，從另一角度來看，是他在完成他的「符號美學」，他把漢字視同符號，藉以凸顯自己的感情、意念與思考，所以他「打造」漢字漢詞，而「終時」的目標，「皆悉數」在完成「初青春長成的自身」。

這就是陳輝龍及其「突然有了某種覺悟」的散文。

二

掀開《彼昔景相》，每個篇章橫逸而出的，乃是陳輝龍與我們這個年代所習見習聽習聞毫不協調的「說話方式」。隨手拈來，如「翻閱之頃刻，不斷的重新倒沉回昔往的風景之中，才理悉原來酷嚴的他，最溺寵的人也是被責罰最厲勁的自己呢。」（引〈墨色的秘密〉），這樣的句式冗長而黏膩，初讀時，恐怕很難「理悉」其中含義，必須重讀一遍，才會瞭解，原來作者的意思，是要表達自已對於「原來酷嚴的他」從對他「責罰最厲勁」的經驗到「最溺寵」的體會。這種繁複的句式及其鋪陳，使陳輝龍的散文蒙上了一層「語障」——它們用漢字陳列在我們眼前，每個字都是我們熟稔的、每個字義原來也都有這個文化體系內熟習的含義，然而陳輝龍加以倒裝（如「昔往」之倒裝於「往昔」、「酷嚴」之於「嚴酷」、「溺寵」之於「寵溺」）、變形（如「倒沉」之變形於「沉溺」、「理悉」之於「理解知悉」、「厲勁」之於「厲害」），再加上文法、句式的「播弄」（如「翻閱之頃刻」、「不斷地重新」、「倒沉回昔往」），其結果就成了語言障礙。橫亙在讀者面前，從而也製造了讀者解讀之際不順遂的困擾。

也許吧，這是陳輝龍有意藉由模擬日式漢文來營造的「氛圍」。我們久已習用的字、詞、句，在「習焉不察」的情況下，往往使作者無法準確地表達最初的感受，也經常使讀者忽略了作者所欲表達的原始意味，習焉不察的結果，使我們不能判斷「震怒」與「大怒」有何不同、「悲憤」與「悲怨」、「悲傷」、「悲哀」、「悲苦」有何不同。身為創作者，陳輝龍使用與我們所習見者不同的「怪」字、詞、句乃至文法，當是源於他想更精準地表現「自身」感情的幽微程度，而同時藉由這些「怪奇」用法，喚起讀者重行去體會某些已被系統化的漢字的原義。進而能準確地反溯到作者感情的初始情境吧。

因此，在《彼昔景相》這個集子裡，我們彷彿進入了一座幽微而曖昧不明的私人花園中，園丁營造了不少迷宮，丟下了一大串鑰匙，這些迷宮或這些鑰匙與我們曾經見過、用過的都大相逕庭，「使之」，我們也爲之目眩、爲之暈頭轉向，而終至不知伊於胡底。

要解開陳輝龍有意設置的文字魔障、要踏入陳輝龍隱藏於文字魔障背後的創作情境，歸根究柢，還是必須從陳輝龍和他的作品來看。

三

「陳輝龍，一九六三年生於基隆，父爲北平人，母親爲沒有到過澎湖的澎湖人。生於基隆九個月後，遷居高雄。一九八一年抵達臺北，從此，再也沒有回高雄生活的能力了。」這是陳輝龍第一本小說集《單人翹翹板》（一九八八年）書後的自我簡介。從這段自述中，不難「理悉」陳輝龍是在六〇年代臺灣經濟蓄勢待發的環境中成長，因此，寫在《彼昔景相》一書中的諸多篇章，可以說都是他對於六、七〇年代臺灣逝昔的回憶，而尤其著重於他自身成長的經歷與心路。

六、七〇年代出生在臺灣土地上的新一代，到了八〇年代末期的今天，被通稱爲「新人類」，他們出生時，電視這種強力傳媒已跟著在臺灣出現（一九六一年），他們享受了九年國民義務教育（一九六八年），到了他們長成之後，計算機、影印機、個人電腦、「小耳朵」等資訊科技產品又次序進駐臺灣，加上這二十多年來臺灣經濟的飛躍、政治的逐步開放，使他們得以無憂享用更寬濶的空間、更自由的環境來追求自我，從而也使他們的思考領域有較諸含六〇年代之前出生的一代更開濶的可能，相對地，是更頹廢的可能。而這種「新人類」的特質，反應在做爲作家、攝影者、畫家的陳輝龍身上尤其顯著。

事實也是，陳輝龍在《單人翹翹板》後記中就說「像我生於一九六三年，很多我爸媽想不到的事，在這二十年裏都發生了——從電視的進入到影牒的年代、從一黨獨大到反對黨的成立……一切顯得速成，因此，這一段在嬰兒潮末端出生的『新人類』，是如何也聽不到先知的聲音了，因爲他們聽到的太多……我因此很想寫下這一份關於新世代中的頹廢氛圍」。其實，展現在陳輝龍散文作品中的何嘗不也是充滿著這種「頹廢氛圍」，左列幾個摘句足爲明證：

在巴哈纏情的大提琴組曲的冬冽夜中，便浸沉回這段突幽浮的瞑憶中了。

——〈福島屐音〉

而此間之闇夜高速公路之行駛間，便是幽浮起關於他對稚齡的自身所言的某段說是最使他陷入甘甜憶往的情事來了。

——〈菓核的往憶〉

不知如何地緣由，近來夜的眠夢總不斷的顯形著服役時的F港鎮因為火災而全鎮落難的畫面來；晨時醒來，他總一身冷汗的愕然異相。

——〈惡形廢港〉

這些摘句可以顯現類似陳輝龍的「新人類」對於某些在他們的生活中所未曾出現的苦難或悲情特別敏感，從而成爲精神上「浸沉」、「幽浮」的寄託，總括言之，便是藉由頹廢的強調來找尋生命情調。

也從這裡，我們可以求索出陳輝龍特意改造漢語文法結構的背後，其中的原因之一，應該也是試圖透過對習見語文的反動來營造頹廢氛圍，而這種「頹廢」，反過來型塑了陳輝龍的生命特質，也樹立了他的文學風格。

四

不過，形成這種頹廢風格的另一原因，則來自於《彼昔景相》系列本身的內容。《彼昔景相》乃是陳輝龍站在八〇年代臺灣聲光炫麗的廣場，爲了回溯六、七〇年代的黯淡景象而寫，所以整個系列也自然地鋪陳出那個年代的無奈與苦澀。也許由於作者家族本身的背景、也許由於作者蓄意的鋪排，十九世紀上半葉日本帝國治臺的陰影，不時籠罩在這些描摹六、七〇年代臺灣現實的篇章中。

〈情信〉藉由P女士的情書寫下了如此黯淡的悲情。與L君相戀的P女士，父親在日皇「大正改制後的某年」被捕入獄，全家自T州遷至M鎮，十七歲生日前夕邂逅繪畫工作者L君並戀愛上L君，「他在彼夜訴吐著廿五歲青年在帝國統治下的無力」，沒想到「隔日便很迅急的離去了，生日因爲他的沒去，使自身感到闇悒無味」，到了「十八歲的生日」，終於得到自廈門的來信，「用狼毫楷體書著要我等待的語句……」，P女士在信末無奈地寫著「信在我廿歲時已然了斷，至今未曾再收到，我仍相信他活著，並不去聆聽傳言，比如他在廈門已被暗決或已娶彼地女子之類的。我是如此堅信著」。類似這樣處理五、六〇年代本島平民、日本經驗的篇章，尚有〈福島屐音〉、〈湯氣狂人〉、〈隔間書屋瑣憶〉、〈雪色街上的面會〉等多篇。

其次，便是對於轉捩期間臺灣平民生活的追味，〈墨色的秘密〉則是這種典型。在這篇散文中，作者描寫長兄結婚遷家，「初青春長成的自身遷入佔居」，在整理房間時，發現一本封面寫著「親愛之回憶」的相簿，才發現原以爲個性「酷嚴」的長兄對自己的愛心……其後又發現一個紫檀木盒內，裝著長兄與昔日戀人G表姊「共同的隱秘」……這篇散文與〈菓核的往憶〉、〈夜碼頭〉、〈柑橘〉、〈山泉旅店〉等都寫出了五、六〇年代臺灣本島生活文化的模式。

最後，即是作者個人心境的追索，如〈惡形廢港〉、〈不確定日期的誌事〉、〈早晨的拜爾敎本〉等隨筆式的瑣憶。

總之，不管是籠罩在「日本帝國」的餘緒中、或者凸顯著臺灣平民文化的素樸、乃至描述作者個人的「頹廢」情懷，這本《彼昔景相》的基調都是灰黯的，有些重而濁、有些輕而淡，但是作者所亟亟於「幽浮」的，還是六、七〇年代臺灣的本島味，與來自十九世紀上半葉日本帝國治臺所殘留的東洋風——一如陳輝龍拿來當書中插畫的木刻或水墨一般，他的木刻線條重拙，特具本島味道，而水墨則暈染清淡，別有東洋風。而這兩者「混血」的結果，造就出了陳輝龍散文在當代臺灣文壇中的獨特景象。

五

陳輝龍還在創作中，不管透過文字也好、透過畫筆、雕刀也好，乃至透過相機的快門也好，他的異質在我們多元年代中相信不會受到刻意的壓抑。也正因爲如此，他的觸鬚將更有可能廣泛、深入地去探索臺灣本島的諸種景象。「頹廢」也許是陳輝龍這樣的「新人類」的本質，然而本島更是他們純粹的原味，他們有一天會褪盡頹廢，褪盡來自東洋或西洋的遺風，站在臺灣這塊土地上，充滿自信而勇健地向著臺灣以外的世界發出聲音。

對於陳輝龍以及類似陳輝龍的臺灣「新人類」，我們可以做出這樣的期待。

一九八九・四・三・南松山

一九八九・四・十八—十九・《自立晚報》副刊

陽光一樣的熱

楊逵《綠島家書》的人間愛

一

在沉埋二十多年後，楊逵先生寫於一九五七年至一九六〇年之間的《綠島家書》，終於重見天日了。

《綠島家書》，是楊逵先生繫獄綠島期間寫給家人，而絕大部分未能寄出的信稿。這些信中流露了一個父親對子女的關愛，居然要等到這個父親離開人世後，才被他的子女及家屬所讀到，不能不說是人間一大憾事。

楊逵先生自一九四九年因發表〈和平宣言〉以千把字繫十多年牢災，但終其一生，寬恕和平，一直未曾就他在綠島的遭遇、生活有過任何埋怨或言說。我們所熟悉的「綠島楊達」，從來只是在營區中跑五千米、在獄中《新生》月刊繼續寫作的「受刑人」；至於他受刑期間的所思、所想、所憂、所煩，則未曾與聞。《綠島家書》的出土，浮凸了這位深富「馬拉松精神」之勇者的毅力，也印證了他「雷公打不死」的開濶胸襟，而又特別深刻地呈現了楊逵先生，一個作家，在人生災厄之前，家庭變異之下澄明的思慮與溫熱的愛——這樣的獄中家書，像一把微火點燃在絕望的黑牢而永不熄滅，卻未能在楊逵先生生前傳遞給他至愛的子女，這豈不是造物的不仁嗎？

對楊逵先生的家人，特別是家書中被「點名」到的主角們來說，一直要等到楊逵先生逝世後，有人送回他們父親的家書，才能一覩二十多年前父親的關愛，舉頭望天，大概也有「彼蒼者天，曷其有極」的悲喜之感吧。誠如楊逵先生次子楊建先生在〈一個支離破碎的家——寫在先父《綠島家書》刊出之前〉（一九八六、十、十八、「自立副刊」）所言：

> 這些家書絕大部分未曾寄發，我作一接到，當晚挑燈夜讀，前景舊事紛紛湧來，可以想見父親在當時嚴格的通信字數限制下，不能如願地將這些關愛寄達家人手中的悲憤之情，二來也可以知道，父親是利用書信體的形式，來記下他飄離海外的所思所感。

是的，這些書信的確是記下了楊逵先生繫獄時的思慮，然而對於「因爲父親的獲罪也陷入了困境」、「對父親不是沒有過怨尤」的楊逵家人，既未能在楊逵先生生前釋尤，也未能在楊逵先生辭世前對自己的父親有更深入的了解，則《綠島家書》的沉埋，也就無妨視之爲「綠島楊逵」的沉冤。這位一生爲了民主自由奮鬥不懈的勇士，生前受冤於社稷、死時含悲於家人。如此辛酸，使我們展讀他所留下來的家書時，也不得不爲他抱憾！

萬幸的是，家書雖然沉埋多時，還有出土之日，在楊逵先生入獄（一九四九年）三十七年後，在楊逵先生一字一字寫下《綠島家書》（一九五七年起）二十九年後，在楊逵先生出獄（一九六一年）十五年後，在楊逵先生逝世（一九八五年）一年後——時光居然如此飛逝——《綠島家書》終於還是回到了楊逵家人手中，並透過楊建先生的整理，在一九八六年十月十八日，由《自立晚報》副刊推出，受到了眾多讀者的注目，不僅使楊逵先生生前的愛與熱（不該遲來而遲來地）燭照了楊家，也輝耀了這個依然紛亂的年代。

二

楊逵先生的《綠島家書》，原來寫在25K橫條筆記本上，從一九五七年十月十二日寫起，至一九六〇年十一月十八日止，前後逾三年，總計寫了一百零四封。從泛黃的筆記本上來看，這些「家書」推測是楊逵先生所寫的草稿，字跡時或整齊、時或零亂，有增有刪、也有劃了增補線卻未補入之處；有「退回」字樣、也有「不發」的注明；每封信有專門寫給的對象（如「親愛的陶」、「親愛的絹」……），並有寫給非特定對象的（如「親愛的孩子」、「陶、絹、碧」……）；每封信都注明寫信月日，有不署題目的，也有特別寫上標題的（如「人生的意義是什麼？」）——凡此種種，跟隨著時序的推衍、心緒的起伏、事件的切入、字跡的急緩，都讓人感到，在薄薄的筆記本中翻騰著的，是一個父親在有家歸不得的情況中，急切地發出了對受傷的家庭的禱祝，卻又無力而徬徨。

例如，在一九五八年一月十二日寫的長信（「人生的意義是什麼？」中，楊逵先生就向「親愛的孩子」自責：

> 近來你的信都充滿著悲觀、憂悶、頹喪的氣氛，叫我很擔心，也覺得很慚愧，十年來，我未能盡到做一個爸爸應盡的責任，才讓你們兄弟姊妹，特別是你，吃得太多的苦了。……
>
> 小雛們剛出蛋殼，需要的是母鷄用翅膀來防護、來溫暖，也需要母鷄幫其覓食、帶頭找路的。在這個時候，你才十幾歲的時候，就讓你帶著幼小的弟妹們

在冷酷的環境裡奔波，就是鋼鐵做的心也會痛的。這是我生活歷程中唯一的遺憾。

這種自責，正是一個爲人父者最大的悲哀與痛苦。而楊逵先生寫下家書的這段期間內，楊家的情況也是最陷於困境之際：

正當母子多人連餬口都成問題（註：楊逵先生入獄後，家無積蓄）的時候，……十二向電力公司租來的土地，因為電力公司要收回以增建員工宿舍，限我們在年底前搬出去，交還土地，這是民國四十六年中的事情，這件事對窮苦的我們而言，形同晴天霹靂，而父親在家書中所提的諸事，也從這年開始。身陷囹圄的父親，對家庭的困境，家人的頹唐，用盡言語相勸相勵，期盼大家携手扶助，共同走過這段悲慘歲月……

——引楊建〈一個支離破碎的家〉

兩相比對之下，楊逵先生在身陷囹圄中對家庭的困境與家人的頹唐所作的「用盡言語相勸相勵」及其「很擔心，也覺得很慚愧的心境」，即使在事過境遷的今天來看，也令局外人爲之鼻酸。

但楊逵先生基本上是個「逆風何所懼」（引一九五九年六月十四日家書）的樂觀主義者，在《綠島家書》中，除了家務的叮嚀之外，他談的最多的，就是「樂觀」兩個字。他生前喜歡以「愚公」自喻，樂於提及他在綠島長跑、游泳之事，在家書中，他也不斷提醒著他孤雛般的孩子們「就算我們是烏龜吧！讓我們自強不息有始有終幹下去」（一九五七年十一月十五日）、「有用之材，就是一支針、一把剪子也是好的，何必一定要做棟樑呢？」（同年十二月廿日）、「只要你的學習與工作能使你自己快樂、人人快樂、永久快樂，那麼你的生活便是挺有意義的了」（一九五八年一月十二日）、「做人不必怕苦、怕難，只要不灰心，意志堅定，終究我們是可以開拓一條光明大道的」（一九五九年二月一日）、「一次失敗一次巧——惟有永遠不灰心的人才能瞭解這句話的眞意義」（一九六〇年十一月十八日，家書最後一封）……如此堅強不屈的信念，大概也是楊逵先生一生沒有絕望過、不曾被擊倒的「能源」吧！

是的，楊逵先生生前對於他自己這種「能源」也十分自信。一九八三年他接受方梓的訪問（見《人生金言》，自立晚報社出版），在簡述了一生的奮鬥之後，他的結論是這樣的：

這一生我的努力，都在追求民主、自由與和平。我沒有絕望過，也不曾被擊倒過，主要由於我心中有股能源，它使我在糾紛的人世中學會沉思，在挫折來時更加振作，在苦難面前展露微笑，即使到處碰壁，也不致被凍僵。

整本楊逵先生手寫的《綠島家書》輝耀的，正是這種「能源」。它是楊逵先生在一生最黑最暗最沉最悶的階段中，仍然放光放熱放亮放愛的動力所在。《綠島家書》不僅親切而翔實地記錄下了綠島楊逵的眞實形象，尤其顯印了一個樂觀主義者的胸懷。它像陽光一樣，不僅發自一個受難者開濶的方寸之中，引領著在顚沛長路上行走的受難者家庭，尤其可能照亮頽唐的時代，溫熱坎坷人生中的失意者仆倒而又爬起！

三

這樣的家書，不該只是楊逵先生家屬的紀念物，它是整個社會都可以共享的心靈資產；這樣的家書，雖然冠名「綠島」，也絕不只是一個受刑人自勵自勉的筆記，它還是所有在人生路途上正在前進、或陷於困頓的人都可以取汲使用的生命能源。

因此，當楊逵家屬重獲這本《綠島家書》筆記而交給我拜讀以後，我們便決定在《自立晚報》副刊加以連載。我在下班後的子夜裡，一頁一頁翻讀著由楊建先生整理加注的《綠島家書》；感覺到我所認識的楊逵先生，似乎就像每次與他見面一樣，用他枯瘦而有力的指頭，爲我細說日記中的一切。他的聲調溫和而堅定，眼光沉着而閃著希望的光芒，忝爲楊逵先生晚年的「小朋友」之一，我讀著讀著，不自覺鼻酸了起來……

《綠島家書》後來又由魏貽君兄整理過一次，並加上適切的提要標題，在一九八六年十月十八日，楊逵先生八十一歲冥誕之日，開始在「自立副刊」連載推出，至同年十二月廿四日全文刊完，歷時二個月有餘。楊逵先生在綠島的晦暗生活及其坦蕩胸懷，這時才盡鋪於讀者眼前，並普遍受到各界讀者的重視與回響。

三個月後的今天，《綠島家書》又由臺中晨星出版社推出了。由零散的報紙到嚴整的書本，楊逵先生的信念、愛心與希望，總算有了一個滙聚的所在。對研究楊逵先生的專家學者而言，《綠島家書》無疑是研究楊逵先生人生思想最集中的資料；對喜歡楊逵先生的讀者來說，《綠島家書》也是在楊逵先生死後與他「親炙」的唯一方式了。但最重要的是，對現在以及將來都得面對人生考驗的我們，《綠島家書》中從最黑最黯處放出的光熱，才是值得我們取用不盡、效法學習，並實踐力行的能源！

連死後也都發出陽光一樣的熱，來溫暖仍得不斷前進的人。楊逵先生，您可以無憾矣。

一九八七・二・二十・南松山

一九八七・三・十二・「自立副刊」

人間與土地的踏履

評焦桐《最後的圓舞場》

焦桐是我的學弟，也是寫詩的同儕，從他開始創作現代詩起，我就對他的詩作有深刻的印象。他讀文化，入「華岡詩社」編《華岡詩刊》時，我已畢業。我與他認識，緣於他編詩刊；我對他的詩作產生印象，則是從他寫的〈懷孕的阿順仔嫂〉開始的。

這首詩，寫一九八〇年瑞芳永安煤礦順與分坑災變後家屬的心情，情深意切，用阿順仔嫂的女性身分表露礦工生命的無助，詩中流露出詩人悲天憫人、關懷勞苦階級的胸懷，讀來令人感動。而特別的是，這首詩作原來是焦桐在校時參加「華岡詩獎」的作品，我擔任評審之一，印象特深，評爲首獎之作，果然得獎了。後來，我極力慫恿焦桐改寫，參加時報文學獎敍事詩獎，焦桐加以增刪改易，改寫稿又勇奪優等獎，從此受到詩壇肯定，我與有榮焉。

除了這樣的因緣之外，我欣賞焦桐的詩，來自他的詩作本身，以及作品背後詩人寬濶的心靈。從第一本詩集《蕨草》到《咆哮都市》，焦桐的詩作，普遍洋溢的就是明朗勁健的意象使用，即使刻繪愁苦，也在暗黑中放光，部分作品以反諷為能事，卻又不失詼諧敦厚。詩如其人，焦桐對文學、戲劇的深厚涵養，對生活、生命的虔誠篤實，對人間、土地的摯愛與踏履，都完全反映在他的詩作中。詩人在某些情況下，總有狂狷之氣，焦桐則把這份狂狷託付天地。他的狂，給了土地；他的狷，給了人間。

焦桐的散文，不管在關懷的面向上，或者在意義的建構上，乃至在美學的處理上，也與他的詩創作契合。

這種契合，一方面出自於他詩餘而後賦文，創作主體不變，寫作風格自然合一；另一方面是他關心的焦點及所要彰顯的文學思維，簡單來看，可以說大半集中在人間生活的省思及土地自然的踏履之上，某些題材拿來寫詩，某些題材則出以散文，這只是表現形式的不同罷了。

收在《最後的圓舞場》這本散文集中的作品，正就展現出了焦桐踏履人間及土地的思感。這本集子分「我的房事」及「精靈的家鄉」兩輯，輯一寫凡塵中事、輯二書高山之旅，從都市到高山、從人間到自然，焦桐遊走其間，且入且出，寫實與寫意兼具，踏履及省思併存。這兩輯作品，粗看趣味相殊，前者滿溢人間煙火，後者到處山光林影，實際上則是焦桐之人生信念及文學觀點的總體呈現。

以輯一「我的房事」而言，七篇作品以作者的生活歲月爲經，抒寫購置屋宅的艱辛與無奈、上班之餘進修的苦楚與堅忍、買摩托車代步的遭遇與折磨，以及參與劇場演出時對人生的體悟、因爲學生絕食而對「饑餓」的反省，以至於對喝酒、旅行的論述等，每一篇散文都指向常人在生活的苦難中如何追求生命尊嚴的課題。或者以嘲諷筆法（如〈我的房事〉）詼諧以道、或者以敍實筆調（如〈摩托車〉）委婉細述、或者引經據典（如〈論旅行〉）寓己胸懷，在焦桐筆下不離其宗的，就是人間生活諸面相共有的本質——「人生如寄」的感慨。

但人生雖然逆旅如寄，人畢竟還是得在人間打滾，從日常生活中，每個人都無可奈何地承受了生命中不可承受、卻又不能不承受的「輕」。對別人而言得之甚易的，在自已身上卻是重負。焦桐以詩人的敏銳，透過對人間的觀察，在這一輯散文中，替凡塵中人寫出了寄旅人生的無可奈何。

相對的，是輯二「精靈的家鄉」。八篇作品全部與作者的登山經驗有關，也都與土地、自然的探訪有關。不過，異於一般的遊記文章，焦桐在本輯作品中所要傳達的，絕非他的登山經過而已，看他在〈最後的圓舞場〉中對魯凱族住居村落「舊好茶」的尋訪及深刻記述，臺灣原住民文化及傳承的失落問題，就令人感慨；看他在〈南仁湖印象〉中對南仁湖山區生態的報導，臺灣自然生態的頻遭人爲破壞問題，尤其讓人難過。在人跡罕見的高山之中，人類肆虐自然、破壞生態、蔑視人文的劣根性並不因而減低。焦桐的高山之旅，暴露了鮮爲我們所知的土地之傷，而不僅止於遊山紀行而已。

總結來看，《最後的圓舞場》這本散文集與焦桐的詩風若合符節，記的是人間與土地的踏履，寫的是焦桐對人與土地的關懷與愛。

人間生活的勞苦奔波，也許是人的宿命，但與土地的利用厚生其實息息相關。今天的臺灣，已開始走入資本主義社會，都市化腳步加快，如果不能透過政策的合理規劃，都市中的人間生活，如焦桐筆下現階段的衣食住行之苦，未來將百倍於今日。

土地自然的破壞毀滅，更是百分之百緣自人類爲了討生活而濫行糟蹋。臺灣曾經是美麗之島，如今卻連高山森林都受到傷害，更不用說都市周邊的河流了。

因此焦桐的這本散文集，固然顯映了一個詩人對人間與土地的踏履之誠，但其意義毋寧更是在提醒我們必須對人間及土地付出更多的關愛。做爲一個文學家，焦桐從人間煙火的面對中，刻繪出了臺灣社會的病態，自高山叢林的巡訪中，點描出了臺灣土地的傷殘。在欣賞焦桐詩意盎然的散文之餘，這也許更是做爲讀者的我們所該省思的吧！

一九九三・二・南松山

卷貳

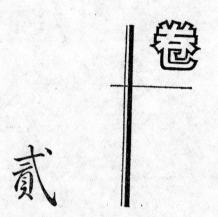

變奏者

點描施明正《魔鬼的妖戀與純情》

一

在臺灣的現代詩壇上，施明正崛起甚早。一九五八年，現代派的倡導人紀弦便曾以「贈明正」爲題，寫詩誌之。其中有兩行謂：

我是 ë
你是更長的 ê

這首詩的題目，後來雖於一九六二—七年施明正被捕後，經紀弦改題爲「橘酒與金門高粱」，但仍可見施明正在紀弦心目中詩人氣質的高強。其實，以「更長的ê」來看待施明正，不僅見於他濃郁的氣質，也尤其見於他的詩作，而又特別集中於他的近作詩集《魔鬼的妖戀與純情》。

詩人李魁賢曾在一篇題爲「我所瞭解的施明正」文中，精準而深刻地勾繪出施明正詩作的特色：

> 明正的詩法，是以意念為核心，好像種晶一樣，然後在過飽和母液中，隨時沉積擴大成為稜角崢嶸的晶體，而形成自然率真的各種變貌。……
>
> 明正的詩給人閃爍不定的感覺，但也因此蘊含一種魔力……帶有魔幻現實主義的味道。易言之，他是基於現實的經驗，但透過外在器物的反射，或是內心想像的轉化後，產生一種幻覺，比現實更為銳利而強烈。

的確如此，施明正的詩作是一種「變貌」，他由意念出發、面對現實，而加以象徵的轉化，塑造了他在所有現代詩人羣中有力的、獨特的「變奏者」的形象。他以「更長的ê」的音調，演奏出他的不幸、他的達觀、他在人生長路上獨行的樂章。

二

《魔鬼的妖戀與純情》，是施明正三十年來詩作歷程的自白，也是他藉著處理愛慾情仇來自我療治人世滄桑的一部重要詩集。

做爲詩作歷程的自白，這部詩集置之於當代詩壇，當然一貫有著「變奏者」的獨特風格；做爲愛的療治，這部詩集洋溢著的，是詩人施明正狂放而大膽的自我剖析。但如果我們把這部詩集看做是施明正對於現實的抗議與期望，亦無不可。

由活在永恒的十字架
那人之旁，自我放逐，而又皈依
形成了我的病歷表
記載著我人格昇降的
病歷。自模稜的人際
乞活的我，惟有越騰人菌

越騰到無菌的零下高處
那不勝孤寂的嚴寒
我乞憐悲憫及於眾生，恒向人羣
——〈乞〉

這首詩足可證明我們的推測。

以「病歷表」自視、以「越騰到無菌的零下高處」自期的施明正，終究還是以「乞憐悲憫及於眾生，恒向人羣」爲他的理想——這正好也點出了施明正在《魔鬼的妖戀與純情》詩集中所自然流露出來的精神。

施明正以「魔鬼」自喻，已是眾所皆知，他的「妖戀」與「純情」的交戰，在這本詩集中更深刻了他身爲詩壇「變奏者」的面貌。從〈棉被之歌〉起，至最後一首〈凱歌〉止，施明正在總計五十二首作品中，漸進而自成系統地描摹出了他的愛恨思感，也強烈地寫下了他在妖戀與純情的矛盾中自我療養的悲喜。

在題爲「面對面・原與變・變與正」一詩中，施明正如此吐露：

不能逃避妖戀正像不能逃避
攻擊
不能逃避陰狠宛如不能逃避
防禦
不能攻擊妖戀宛若不能忽視
偽裝
不能忽視變節一如不能停止
探索
不能停止思索也像不能停止
當餌
不能懷恨被整好像不能忘記
提昇
啊！老是不忘提昇的魔鬼喲
衝刺

雖然粗看起來猶似遊戲之作，其實蘊含了施明正對藝術、愛情以及自身的生命歷程、乃至於人類共同命運的觀點。他透過從攻擊、防禦、僞裝、探索、當餌，到提昇、衝刺的過程，逐級循序，辯證地在變貌中完成自己的思想。而此一思想「像兜著地球團團轉的月亮，衞星似的我恒常兜著我的愛」，雖然「兜不完放不盡的思念恒被／您突發異癢的閃電阻於雷擊」，也不管「您多疑的猜嫉從昏庸的腦裏／蛆般爬下酷欲綻放報復的種子」，詩人的愛仍然是「您一次次積下報復的循環正像／我頻頻噴血的創傷結疤又綻放」（引自〈癢〉）。這種「妖戀」的情懷頗相似於屈原「民生各有所樂兮，余獨好修以爲常，雖體解吾猶未變兮，非余心之可懲」的痴愚，可見其純情。

這也就難怪《魔鬼的妖戀與純情》最後會以〈凱歌〉爲其終結了：

為死後的殘留，詩人喲
別再迷戀妖戀，您得趕緊
趕在死亡之前，繪下生命

用「別再迷戀妖戀」自惕，用「繪下生命」自期，剛好也是整本詩集念茲在茲的主題；

而此書之有系統，以及施明正的創作意念也就昭然揭出了。

三

從詩作探看施明正的心靈世界，再比對施明正的人生歷程，使我們不能不欽佩這位奮鬪不懈的勇士。他的專注、狂熱，不管顯之於詩，或者在他的小說與畫中，都令人深刻地感知到「更長的ê」的存在；他對愛情、美與生命的追求奉獻，即使在坎坷現實冷酷的撲打下，也仍然堅持以強者的姿勢往前衝刺——現實的扭曲，造成了他的變奏，然而這位變奏者仍然找到了他自己的前路——他強旺的生命力，在妖戀的沉迷中仍保有著純情的童貞，則文字的詭異，也就不足爲害了！

對於施明正的變奏，其實正如李魁賢所說，是一種具有「自然率眞的各種變貌」的晶體。本文針對從施明正顯現在此一晶體上的生命光輝試作剖析，仍難全面顯示出施明正的整體變貌；但探本追源，施明正這種來自於生命的強烈的特質，也是他不得不成爲「變奏者」的因緣，我們撫之追之，乃更因之瞿然而驚，而要爲他的執著狂熱加以禮敬了。

這樣的變奏者，値得我們從另外更多的角度去瞭解他、去探視他！

一九八五・八・二十五・南松山
一九八六・一・十一・《臺灣時報》副刊

戰爭・和平・蝕

林燿德《人類家族遊戲》的前路

失去戰爭
我也淪喪一切
卸下戎裝
我開始痛恨和平

這四句具有反諷意味，卻又深刻沉重的詩句引自林燿德《人類家族遊戲》詩輯首篇〈戰後〉——違反人類理想而契合黑暗人性的詩句，敏銳地刻繪了整個人類家族出現以來宿命性的鬪爭心理，也冷酷地點出了戰爭與和平之間相互依存的必然鏈鎖——有了戰爭，鬪性支持生命的一線希望，去期待和平；獲得和平之後，鬪性無所發揮，生存意志又逐漸渙散，而企待戰爭。

歷史的「重演」也許就是如此吧！但認眞考究，重演的其實不是歷史，而是永遠難以饜足的人性。不過，如此冷酷的詩，出現在臺灣戰後世代詩人的思維中卻是令人震驚的。沒有戰爭的一代，也就沒有戰爭的體驗。殺敵、逃亡、轉進乃至死囚、投降、受審……等等經驗的缺乏，使人難以想像出生在戰後美麗臺灣的一代對戰爭能有什麼深刻的看法，更不用說去描寫戰爭，或對戰爭表達意見了。

然而，二十四歲的林燿德用他的詩句推翻了這種成見。他以超年齡的想像和思想，對他未曾身歷的戰爭提出了深刻的針砭。在〈戰後〉一詩中，他擬想「我」是一個戰勝者，因爲「我所信仰的戰爭就這樣悄悄的腐朽？」而「開始痛恨和平」：

痛恨失血的地球
痛恨沒有槍聲的歲月
痛恨不再設防的街道與城垣
痛恨僅僅應該留駐在期待中的勝利

並且在這種「嗜戰」慾中，因「勝利降臨」而「遺失了自己」——全詩以反諷手法，字面上頌揚戰爭、痛恨和平；骨子裏卻字字句句反戰、反鬪爭，反一切偏違人類家族遊戲規則的人性；而詩作思想中則又流露出一股冷澈的絕望，彷彿宣告著人類追求和平之夢的破碎，及其遊戲規則必然的蝕滅。林燿德把這首詩置於《人類家族遊戲》系列的卷首，有意無意地彰顯了他在本輯詩作中所欲表達的矛盾情結，那就是反對戰爭（從國與國到人與人）、企望和平（從人與人到國與國），卻又先已敏感地確信這種反對的無力，企望的虛無。這是在展讀林燿德這輯詩作之前，我們必須先做提醒的。

其次，林燿德的早慧，使他在這輯深具反戰色彩的詩作中，一如前面所言，超經驗地鋪展了引人矚目的世界觀——置於本輯的第二首詩作〈薪傳〉即是明證。

〈薪傳〉以後現代主義的技法，臚列了人類史上的制度、人物、學理、種族等名詞，多元而相對地表現了正反相逼的矛盾與糾結，最後則統合於「人類的哭泣……人類的哭泣」如此絕望的「同歸」之局。然則名同而實異的是：從「聖秩制度」以至於「中古天主教勢力」所導致的「人類的哭泣」，與從「階級社會」以至於「當代蘇維埃霸權」所導致的「人類的哭泣」，其哭爲一，其源則異。林燿德似乎有意在名相的辯證中，指出人類家族本質上的一轍；而同樣使用辯證，名相的一體，則又暗喻著本質的相異。簡單言之，猶如篇名〈薪傳〉

所示，薪盡火傳的本質相同，但一爲已盡的薪（歐洲中古天主教勢力）、一爲還燒著的火（當代蘇維埃霸權）；相對的，不同名相互異的演變，其結果雖導致於同樣的名相（人類的哭泣），而其本質又早因過程的不同產生了變化。

這樣的詩，不管就技巧或就內容、思想層次而言，都屬上乘。但這不是我們考量的，我們考量的是，林燿德本輯詩作的本質皆從反諷出發，處理的都是戰爭與和平的主題，而最後歸結於蝕滅的這種世界觀。試看置於本輯之末的作品〈空白〉：

歷史依舊歷史
依舊蒙著面紗除去一層還有一層
最後一層的後面
一片空白

以「一片空白」詮釋「歷史」、詮釋人類家族的所有遊戲，正是林燿德本輯詩作的重心所在。他把世界觀置於哲學思考層中，層層剝褪，於是平岡公威（三島由紀夫）的「殉國」、廣島、長崎的原爆，馬可仕、艾奎諾、錫克族衛士、柯梅尼，乃至於〈地震列島〉的通性、〈那隻鷹〉的屬性、〈從波蘭來的〉政客、〈雪特拉灣〉的戰爭、〈革命罐頭〉、〈世界偉人傳〉的嘲諷等等，都在此一世界觀的顯微鏡中獲得了定位——他（它）們在整個世界的舞臺上，在當代人類的家族中，透過第一世界的強力的大眾傳播，撼動過世人的耳目，但在詩人的世界觀中，「歷史依舊歷史」，人性的陰暗使人類一切緝止戰爭，追求和平的努力都蝕滅殆盡。

讀林燿德如此冷酷寒澈的作品，不禁令我震撼。這些詩中不斷出現類似「腐朽」、「沉淪」、「毀滅」、「死亡」、「燼餘」……等字眼，也似乎不斷試圖著提醒讀者戰爭的宿命、和平的空虛、以及蝕滅的必然，恰似林燿德在〈世界偉人傳〉這首詩作中所表現，在「來路不明的無間的爆炸：轟轟轟轟轟」聲中，

噢，我的 世界偉人傳

一般，人類的家族遊戲，歸結起來，竟也是秩序倒錯、意義空白的嗎？

不過，我們寧願相信這是林燿德的反諷，在灰白沉黯的「一片世界的餘燼中」，畢竟和平與希望的微火仍未熄盡。做為戰後一代的詩人，林燿德的早慧，使他具有十足的本錢，去

爲現代詩開疆闢土，眼前的例證，如《人類家族遊戲》這樣從世界觀出發，觸及人類前途的作品，卽是詩壇七十年來罕見的格局；而多年來臺灣現代詩壇爭持不下的「藝術／現實」（所謂「怎麼寫？寫什麼？」）問題，則了無滯礙地融合在本輯作品之中，〈戰後〉、〈薪傳〉、〈天空的垃圾〉、〈馬可仕頭像〉、〈地震列島〉、〈從波蘭來的〉、〈革命罐頭〉、〈世界偉人傳〉等，都是以現實主義爲張本，而又深具現代主義特質的佳作。更重要的是由林燿德的這輯詩作中，我們看到了異於五、六〇年代及七、八〇年代各偏所是之詩風，「後現代主義」的曙光已經展現開來。

也正因爲如此，通過對於林燿德本輯詩作呈露的世界觀的了解，我們期待林燿德以此爲出發點，更深入地挖掘出人性深處的微光，更寬濶地開拓人類複雜面的精純。戰爭與和平的對決，也許眞會帶來蝕滅的結局，但基於人本的人道精神，還是可以確信必不至於永蝕的。反諷使藝術易工，悲憫則敎藝術長存——這大概也是我們在樂見林燿德以及眾多第四代詩人羣崛起，並爲之鼓掌之餘，所必須饒舌的吧！

一九八六・十一・十七・《臺灣時報》副刊

一九八六・九・五・《香港文學》月刊

好山好水好山水

林彧《鹿之谷》與現代山水詩之浮出

一

林彧的第一本詩集出版於一九八四年，那時他還是個「多夢少年」，在幻想與現實的糾結中，在黑夜與白日的奮戰後，他的夢寫在他的詩中，他的詩游進他的夢裏，詩中不知是夢，夢中不知是詩，就這樣出版了他的《夢要去旅行》。在後記〈去夢〉中，他如此期許自己：

> 夢要去旅行，是那空無的、無奈的、焦躁的夢已經著手起身去旅行了；夢要去旅行，是我夢想著要去作一趟堅實而愉悅的旅行。

當時的林彧，廿七歲，從臺北回到故鄉鹿谷（任《聯合報》竹山記者六個月）又跌回臺北（進入《時報周刊》），他的「夢」其實不只交織著幻想與現實、黑夜與都市，也還疊合著田園與都市的虛影實景。十五歲以前，他生活於好山好水的鹿谷，那兒的茶香、竹籟、松影、野霧，乃至那兒特異的老地名（車輄寮、小半天、凍頂、石城、崁頭、羌仔寮、有水坑……）都涵泳著他的詩人性格——彷彿鹿谷習見的閒雲白鷺一般的隱逸個性，其實早已於林彧十五歲之前住進了他的心靈。

十五歲以前，林彧已開始了他的詩生活。他把詩寫在田野間、寫在山林裏、寫在家中小閣樓的天窗下、也寫在日記、情書和茶葉的包裝紙上；但他眞正把詩種植到稿紙上，則是十五歲以後的事，十五歲那年，他成爲家中第一個離鄉求學的「游子」，在彰化八卦山下，他一半因爲鄉思，一半因爲詩思，開始了他此後漫長的詩路之旅，也開始了他的都市生活。

十五歲以前，好山好水在林彧的身邊眼前，但都市的燈影大概也已藏在他的夢中了吧；十五歲以後，林彧從彰化、臺中而臺北，霓虹高樓把他壓進黯黑的角落，故鄉的好山好水回過頭來使他驚夢。他的性格是田園中的閒雲，他的才華則使他不得不成爲都市裏的族羣。他一方面深刻而敏銳地刻繪上班族的〈所謂我〉、冷靜而嚴酷地批判都市中的〈這些人那些人〉；一方面感傷而柔情地回憶自身成長的〈問世間情〉、微帶浪漫而無奈地希望把昔時的山水〈汲夢回來〉——這兩組對立的情懷，構成了十五歲以後林彧詩作的悲喜世界，而城市經驗與田園經驗的糾葛衝突，也形成其後林彧創作旅途上勢所必然的「圍城」。

一如前段所引的〈所謂我〉、〈這些人那些人〉以及〈問世間情〉、〈汲夢回來〉之輯於林彧的第一本詩集《夢要去旅行》，同樣的衝突、掙扎，也出現在越二年後林彧的第二本詩集《單身日記》之中。《單身日記》是林彧更深刻刻繪都市羣落，特別是上班族之悲喜吶喊的力作，但卽使是在他以現實主義寫法開列〈某上班男子〉、〈白領〉乃至〈都市童話〉的病歷之際，他也還深深縈懷著他的〈青髭年少〉、惦念著那段迄猶〈不悔少作〉的山水歲月。《單身日記》開卷第一首詩〈卡〉就顯示出了這種「夢幻與現實」的交戰：

是的，經理；是的，主任；
好的，馬上辦；好的，立刻來；
人聲，鞋聲；鈴響，鐘響；
上班下班，打卡打卡。

在夢幻與現實邊境作戰的我，
不禁憐惜起少年的卡夫卡，

寫著那本城堡之時，
他是否上班下班？卡夫卡乎？

但交戰則交戰矣，林彧顯然仍未掙脫出他所受困的「圍城」。以這兩段引詩來看：前段透過上班族常用語彙的羅列編輯，「是的，經理」，「是的，主任」，「好的，馬上辦」，「好的，立刻來」，就已寫盡上班族的卑屈；再透過動作、聲音，也立即點出了上班族的忙碌與刻板。著墨不多，但鞭辟入裏，正是林彧都市詩作被前行代詩人譽爲「八十年代新感性的醒目站牌」（余光中語）、被新世代詩人評爲「在與時代同步的寫實主義觀點下完成的現代精神浮雕」（林燿德語）的關鍵之一；然而後段的介入卻是失敗的，現實主義的剛健之風突然頓挫於夢幻的感傷之中。林彧有現實主義的批判精神，也有浪漫主義的抒情才賦，並且試圖融滙現實主義和浪漫主義於一爐、超脫而出臺灣六〇年代「唯浪漫」與七〇年代「唯現實」的兩大風潮之外，這是他可貴的自覺，也是他表現於這首詩（乃至於《夢要去旅行》與《單身日記》兩本詩集）中的企圖。可惜的是他仍酖戀於年少時的山水之夢，而這似乎與他犀利的都市之眼仍有相當差距。

然則歲月增長，都市的見聞愈深，田園的迷夢漸去，林彧在進進出出之餘，卻也逐漸地解開了他鬱積已久的心結——都市經驗沉積爲他的生活現實，田園經驗則提昇爲他的心靈現實；這兩三年來，他除了繼續他令人矚目的都市批判，也揮走迷夢（一如他在三年前所期許的「去夢」一般），開始了另一趟堅實而愉悅的旅行。

二

這趟旅行，不再是騎樓下的踝踱、燈影下的焦思，也不再是白領階級黑色的憤怒；這趟旅行，是大自然的走踏，林彧割捨了年少時的浪漫，重行注視他腳下的土地，他的題材依舊是他曾迷戀過的好山好水，他的創作態度依舊從早年的好山好水出發。但因爲是好山好水，所以山水自好，詩人浪漫之情的介入已顯見節制，「山水著我色彩」的抒情才華，取代了早年「個人色彩渲染山水」的浮濫；又因爲林彧好山好水，所以山水之優美他曾咏嘆，山水的傷痕他也開始正視。像左邊這首題爲〈採菊〉的小詩：

悠然的不是南山，
竹籬在施工圖上消失。
當工程師爬上草坡，

他發現：一片壯烈的
黃菊，在挖土機下，
有志一同
斷頭！

寫的是山水在濫墾濫建下的「棄絕」人類，即是頗具批判精神的詩作。人類空有好山好水而不肯好山好水，最後便是「黃菊反撲」，只可能留下「寂靜的秋天」。林彧的田園詩到此才算有了轉機。同樣面對空山，一九七四年，他開始出現於詩壇不久，曾以〈空山〉爲題（十二年後收入《單身日記》）如此渲染：

松林的小徑有騎驢的走過
告訴他：嘿！我在拾松子
一些松子將在夜時哭泣
它們落在冷冷的月光下
等待未嘗眠去的跫音

兩相比對，我們不難發現：同樣寫山，同樣用典（一用「採菊東籬下，悠然見南山」而反寫之；一用「空山松子落，幽人應未眠」而順寫之），同樣是山水，同樣出自於林彧筆下，相隔十餘年，已見截然兩異。

這是林彧的成熟，也是他為古來詩之山水傳統再開新局的一個轉機。無論是山水詩也好、田園詩也罷，千餘年來的詩頁中，我們習見的是「頌」，罕見的是「諷」；我們習見的是對山水自然和人文的相調相諧的歌詠，罕見的是對山水自然與人類發展相剋相害的省思。以農業社會而言，人與自然的相諧，是詩與哲學一貫追求的境界；以工業社會來看，人與自然的相剋，反而才是有待詩與哲學思考的課題。林彧的新作由此出發，多少預示了式微的山水詩作——從工業、科技發展之斲喪自然生機與人類未來生存的角度下筆——有再現高峯的可能。也許吧，具有強烈批判精神而不再隱遁、不再避世的山水文學，將是九〇年代臺灣文學的一大創作範疇也說不定。

而這種採取批判角度，切入八〇年代臺灣山水困局中，去反省人的定位的「山水詩」，正是林彧這本新作詩集《鹿之谷》的核心作品。一九七五年林彧〈回家〉（收《夢要去旅行》）所見如此：「這旁小河是流動的綠／那邊田野則是平躺的黃；山中即將豐收／山中即將忙碌，山中即將歡聚／所以走到路的盡頭時便是一爐洋洋的暖」，畫面充滿了七〇年代臺灣農村的恬靜、祥和與溫暖；如今他再回故鄉，則在〈三徑〉（收《鹿之谷》）路口上刻繪了八○年代末期臺灣農村的異端氣氛：

在黑夜裏奔回故鄉，
故鄉卻從丁字路口三方逃逸，
留下兩盞紅綠燈，
在茶園間規矩地指揮著。
農藥廠驕傲的煙囱，還在
等著黎明、等著採茶歌。

無可置疑地，這兩組畫面的差異，自然與臺灣社會發展的進程相關，但做爲創作主體的詩人，林彧的成熟，才是促使他由一個「農林田園詩人」，通過「工商都市詩人」，躍進而爲「當代山水詩人」的主因。

而從早年對好山好水的執迷，到近十年來困於高樓陰影與窗口明月之間的掙扎，林彧的

「圍城」經驗，使他在出則批判現代臺灣的都市文明，入則渲染心靈深處的田園鄉愁之後，終於出入自如，掙脫出了這十五年來「空無的、無奈的、焦躁的夢」，展開了呈現在這本新著詩集《鹿之谷》中的山水之旅。

三

《鹿之谷》，收〈山貌〉等小詩三十六首，全部環繞著當代臺灣的山水形貌落筆，猶似一本詩筆山水畫集。三十六首詩，都用山水景物二字題名，彷彿水墨畫題；詩作技法更是曲盡能事，有賦比興、有風雅頌，也一如畫技中有鉤、勒、皴、點之筆，有點、烘、染、破之墨。三十六首作品，從整體來看，是一幅濃淡相宜的聯作，分頭去看，則又峯峯不同，各具殊貌。例如寫〈山鳥〉：

守了一整個下午的
鳥，那些山
振
翼

飛
　去

山與鳥主客易位，筆端鈎的是鳥、墨色烘的是山，便使得這首小詩脫俗清新，有飛騰之勢。看這首詩時，我們也會感覺像在觀畫，畫中山水，騰騰欲飛，也許看不到鳥，卻看到了山的渴望長出了翅膀。

類似如此採取高度技巧而構圖簡單的詩作，在《鹿之谷》這本詩集中所在多有，不過林彧的步法並不重蹈。有時他也使用因物起興的寫法，如〈林溪〉：

鶺鴒的啼聲，
把寂寞餵食給山谷，
卻逗得密林裏的
小溪，發餓了。

讀者聽到鶺鴒的啼聲響遍山谷，接着被帶領到密林中聽到不甘寂寞的小溪發出了潺潺水聲；

如果用畫面來處理，觀者先注意到的可能「背其道而行」，先是山谷、再是密林、而後小溪，最後發現了隱於密林之間的鵪鴿。

當然，這樣的詩作基本上還是具有極其濃厚的古典主義色彩的，但與古典山水詩相較則又別有現代意趣。同樣寫山與鳥的關係，李白〈敬亭獨坐〉寫的是「眾鳥高飛盡，孤雲獨去閒，相看兩不厭，唯有敬亭山。」林彧則從現代詩象徵技巧的運用，融鳥、山於一體，而隱於詩作之後的人則視鳥如山、看山似鳥。鳥、山與人，三者莫辨，於是逸出於古典山水詩作的格局之外，別創了現代山水的詩情。

從另一個角度來談，山水詩的重要特色，據學者林文月指出，「即詩人以山水大自然爲寫作的主要對象，同時，他們對大自然都有熱烈的愛好與深入的體悟」（引純文學版《山水與古典》頁二八），借大自然的景爲對象一抒因景而生情，進而求取情景交融的境界，正是傳統山水詩的精神所在，因此，詩人記遊寫景之餘，不忘興情悟理，從六朝謝靈運而下，大抵有迹可尋。林彧寫的是現代詩，傳統詩中的山水寫法在他這本詩集《鹿之谷》中也觸目可見；不過緣於現代詩一向偏重即物象徵，強調情在物象之中，理在語言之外，因此，他的山水詩作，倒是把情理交給景物去言說，避免了傳統山水詩作易於落入言詮的毛病，塑造了現代山水詩作的特質。興情之詩如〈湖樹〉：

湖在夜裏寂寞，
樹寂寞地喊冷。
天明了，
樹躺在湖上，
湖水抱著樹。
他們互相愛戀，
一整天都無暇交談。

表面上，這是寫景的詩，湖與樹在夜黑時互相未能映照而孤獨，因爲「天明了」的機緣「互相愛戀」，寫的正是白天湖面映樹的景；實質上，緣於現代語言的介入，這首詩的景同時也是一個象徵，每一個景談的都是情，試以最淺近的男女之情解析，這首詩可以象徵男（樹）女（湖）因陌生（在「夜裏」互相見不到）而皆感孤獨，因爲機緣湊合（天明）而「互相愛戀」，卻又跌入與「寂寞」等義的「無暇交談」。悟理之詩如〈風流〉：

攤開畫冊，柳枝伸出

長臂，在空中，
細細描繪著：
風的柔肌。

不拿利刄，
流水在時間的河道，
耐心雕刻：
岩石的孤獨。

這首詩純然由景物演出，其實寓有詩人寫景悟理的用心。首先，題目「風流」便有多重歧義，可以是詩中各段分寫風、水的寓義，可以是古典漢語中高雅逸士的「風流」，也可以是現代用語中多情蜂蝶的「風流」——而詩中悟理，也就隨著這幾層寓義有不同層次的詮釋，可以不贅。

不過，林彧在這本現代山水詩集《鹿之谷》中所表現出來，與古典山水詩精神之最大歧異，還是本文前節所示，那些採取批判角度、切入現代山水困局中，去反省人與大自然相剋關係的詩作。除了前引〈採菊〉、〈三徑〉之外，這樣的詩作尚有〈花看〉（「有人從槍口的準星上／才叫得出鳥獸的名字」）、〈迷谷〉（「這座灰色的大廈谷，／誰來帶我走出去？」）、〈鐘止〉（「停擺了，失去指針的山村」）、〈上游〉（「在肺癆似的蘆花叢裏，／我撿到上游漂下的收音機，／……桃花源在雲端……」）、〈崩雲〉（「白雲載不下鳥煙和廢氣」）……等多首。

這些詩作，調整了我們原來受限於古典山水詩作的印象，使我們從現代山水詩中目擊了文明對自然的凌遲。山水詩，從此不再只是文人雅士逸遊的閑情之作，而是現代人面對受虐的大自然的反省與思考。林彧的這本詩集也因而可以在八〇年代末葉的今天，宣告現代山水詩的誕生及其意義所在——在日漸加遽的現代工業與科技文明之不當使用下，大自然所承受之於人類的病疾廢殘，不僅將是現代詩人不得不面對的一大課題，也是現代山水詩脫離傳統山水詩作陰影的分界點。

四

從好山好水好山水的鹿谷出發的林彧，在寫詩十五年，進入而立之年的今天，又回到了山水之中，雖然，隨著他生命的進程，臺灣這塊土地上好山漸稀、好水漸少，但林彧已不再是多夢的少年、不再是「青髭年少」，他依然好山好水好山水，卻已能成熟地面對山水的殘缺，冷靜地用他的筆，爲轉變中的山水留下冷酷的見證。三年前的林彧，「夢想著要去作一趟堅實而愉悅的旅行」，三年後的今天，林彧的夢想實現了，他在現代詩的旅程上又跨出了一大步，他爲現代山水詩所開拓出的疆土，可能還有待他繼續播種翻耕，但這樣一趟旅行已夠堅實了。

遺憾的是，這並不是一趟愉悅的旅行。對林彧(乃至所有好山好水好山水的讀者來說)，「一九八三年，本地嚴重汚染，／三百戶人家，春耕之前，／集體遷村」(〈鐘止〉)的悲哀，不只是八〇年代臺灣山水已知的惡耗，何嘗不也是針對「失去指針」的臺灣環境的預警?而此一預警，大約也像詩之於頹唐俗世那般，只是一記微弱的鐘聲淹沒在「保證沒有問題」的核能電廠中吧!

但卽使鐘聲微弱，林彧的旅程應該還只是個開頭。我們期望他繼續用他犀利的筆爲都市開立「組織人的病歷表」(引林燿德論林彧詩作的題目)，也更期待他在爲現代山水詩開出「好山好水好山水」的同時，爲他所生長的土地，爲他所來自的山水自然，作出更多更深刻的見證書來。

一九八七・五・七・清晨南松山

一九八七・五・二十一・《臺灣新聞報》副刊

一九八七・六・五・香港《星島日報》副刊

失鄉失根不失心

洪素麗詩集《流亡》中的流民悲憤

福爾摩沙
妳的明日是未知數
命運未定型
一生一世漂泊於回歸與出走之間
焦愁多疑如一棵木麻黃
喜怒無常如一棵林投樹

——引自洪素麗〈憂鬱的亞熱帶雨林〉

看過洪素麗一張「洲後村流民圖」的版畫，佔了畫作絕大部分的，是「三張半」各有表情的臉孔，他們分別是滿臉皺紋的老人、臉色黧黑的農民、稚氣未脫的青年以及半張俯首垂目的少婦面頰——這幅畫作想要凸顯的，大概就是洲後村村民無家可歸的悲哀和無奈吧？更確切地說，是畫者對於所有失鄉失根之流民心境的表達。這幅版畫用刀拙重，透過黑墨拓印的詮釋，有著一種令人心情沈甸的痛感。我因此深深地被這幅流民圖中的流民所撼動——那些失鄉、失根的不盡是蘭花，他們有的更是原來就有土地、深愛土地，而終至被迫離開、被連根拔起的木麻黃。他們的憂鬱、他們的憤怒、他們從心底深處對土地的呼喚、愛慕與「求之不得，輾轉反側」的心情，對於有鄉有根的人來說，可能不見得容易體會，卻應該不致於不能理解才是。

讀洪素麗近年來的詩作，我同樣也有這樣的感覺，特別以她收錄在這本詩集《流亡》的作品爲最——洪素麗改變了她往昔婉約的詩風，使用了類似她處理「洲後村流民圖」版畫的拙重刀法，運用文字，一字一字刻下了所有因故滯留在異域、未能返鄉者的悲鬱、憤怒；一行一行寫出了這些或被動、或自動「流亡」者對臺灣的關愛、憂慮與期待。正如集中詩作〈憂鬱的亞熱帶雨林〉所述，他們與福爾摩沙有著同樣「一生一世漂泊於回歸與出走之間」的命運，焦愁多疑泰半源自臺灣，喜怒無常也泰半源自臺灣。

就洪素麗這本詩集《流亡》來看。《流亡》分「流沙」、「物語」、「色系」等三輯四十一首作品，除了第二輯「物語」較屬作者個人生活的詠誦描述之外，其餘兩輯幾乎不約而同地採取了生態學的角度關注演變中的臺灣生態問題，而又分別着力於環境生態與政治生態這兩大範圍。如第一輯「流沙」對於近年來臺灣自然生態的備受破壞、環境公害的倍爲增加，有著作者愛深責切的呼喊；第三輯「色系」則對於年來臺灣政治生態體系的失衡以及相對帶來的社會風氣敗壞、文化格局的隳敗，均有深刻而一針見血的批判。

在詩人洪素麗的眼中，臺灣這個昔日被稱爲「福爾摩沙」的美麗島已是被「擠掉奶汁的四百歲姑娘／毛髮乾枯／軀體敗壞／筋骨嶙峋／精神渙散／唯有深邃的眼睛呀／透著層層憂鬱／不時泛溢重新的淚水」。洪素麗眼中的今日臺灣之所以如此，一半從被破壞的生態環境上來——「一株株珍貴的雨林砍伐下來／做成馬糞紙輸出／海岸乾渴一如政治犯喉管的空洞／水鹿絕種／老鷹與獼猴消聲匿跡／蜥蜴爬在苦楝樹端睜著黑豆粒的細眼焦慮」；另一半則因被扭曲的政治生態——「一場街頭衝突化暗爲明／持警棍的人追逐老幼婦孺／鐵蒺藜設防的城市／冷雨伴咒語，落未離」。而這兩者的生態失衡問題，正是洪素麗透過她的作品，在《流亡》這本詩集中所想表達的主題。

兼爲畫家的詩人洪素麗在本書最後一輯中不僅以「色系」做爲輯名，更在最後一首中直接指涉她所使用五種顏色的蘊義。猶如姚嘉文以「七色」來描寫臺灣發展史上不同的進程，洪素麗則以「五色」紛陳來形容臺灣近現代史上的悲鬱。她在〈流亡福爾摩沙〉詩中，一開頭就指陳「白色恐怖／紅色淤血／綠色分裂／黑色名單／金色幻想」，其中指涉涵義容有不清之處，不過讀者大概可以曉得她賦給白、紅、綠、黑、金等五色的目的，有詮釋臺灣戰後近五十年來不同階段發展現象的意圖；其次，在同一詩作中，她分別從國民黨來臺後的肅壓、臺灣民間的素樸、臺灣社會的崩壞來形容福爾摩沙的絕望、流浪與水土流失，最後則以「福爾摩沙流亡於清晨雨霧沾濕的碎石路上／永遠在流亡」作結。

由色彩的運用與洪素麗對臺灣的詮釋來看，已經可以明白《流亡》這本詩集的精神所在。要而言之，整本《流亡》詩集所凸顯的正是一個失鄉失根的海外臺灣人的悲哀與憂鬱（而「憂鬱」也正是洪素麗詩作中最常出現的字眼）。身在海外的臺灣人，不管是因爲政治因素或其他原因羈旅異國，在遠離故鄉本土之後，對於臺灣的懸念日深，相對地，隔閡也日大；對於臺灣的關愛愈熾，相對地，憂慮也愈強；對於臺灣的過去瞭解越深，相對地，對於臺灣的今日悲切也就越多。這幾種心情交雜起來，難免產生「流亡」的感覺。而洪素麗的這本詩集，明顯地刻畫出了這一代海外臺灣人的困境與心境。

假使我們同意有所謂「海外臺灣人文學」存在的話，則洪素麗這本詩集應屬這類作品的典型之一。她寫出了今日海外臺灣人失鄉失根的悲哀，也寫出了他們對臺灣的憂慮與關愛。

這些因爲對臺灣不失心而致失鄉失根的旅外臺灣人的心情，值得我們去瞭解，也值得我們給予關切。不過，我們更希望有朝一日他們都能回到自己的鄉土、自己的家園，面對著福爾摩沙的今日與明天，不再感到「福爾摩沙／妳的明日是未知數／命運未定型」，不再「一生一世漂泊於回歸與出走之間」，不再「永遠在流亡」！

只要土地仍在，只要不失心，短暫的失鄉失根必將內化爲重建家園的信心和力量。

一九八九・十・五・《自立晚報》副刊

在海洋與大陸之間

展讀新加坡詩人杜南發的《心情如水》

一

收在《心情如水》這本詩集中的詩作，無疑是一個理性的浪漫主義者的心靈告白。這本詩集分爲「蓮花水色」、「水樣世情」、「紅塵水墨」三卷，每卷卷名都帶「水」字，一方面象徵作者杜南發創作的風格，那像水一樣清澈澄明卻又紋路多變的抒情風；一方面卻又蘊藏着作者對像水一樣的流年歲月，以及對外在環境流年中幻變的心境的剖白。

因此，在《心情如水》中，可以是靜如止水的沉思，可以是動如奔流的浪漫，也可以是涓涓不息的愛，波濤汹湧的恨。詩的六義：賦、比、興、風、雅、頌，在這本詩集中，以現代的手法傳達了多重的暗示。

同時，也因爲作者是新加坡的華文詩人，詩集所收詩作佔他的寫作年代近十二年之久，時空的雙重轉折，也使這本詩集，與中國或臺灣的現代詩人及其作品，有着相當程度的不同。其中顯現的最大特色，是熱帶海洋性氣候下南洋風土色彩的濃厚，以及作者處身於一個多語言國度中對於中國文化的強烈企求與執着。

這兩大特色，一是來自「地理新加坡」的本土認同，一則是來自「文化中國」的歷史情懷，兩相照應，透過杜南發的理性，很自然地形成了和諧而且相得益彰的風格。——簡單地說，杜南發成功地透過他的詩作，展現了一個新加坡華文詩人在海洋與大陸之間吟咏高歌的獨特風貌。

二

而支持此一風貌者，當然是杜南發的浪漫情懷。此一情懷，表現在這本詩集每卷卷首帖，也表現在集中詩作的抒情主調上。如卷一「蓮花水色」的卷首帖一啓筆就說：

淡淡人生，寫詩是心田向晚一抹殘紅，動人血色，驚艷中不免耽於唯美，閃避不及，遂失足成一段情懷信仰。

可見詩人寫詩的基本情調，是以多情濟人生之清淡，詩如殘紅，以動人血色兀自照耀着冷漠人生。在這裏，詩人的寫作情調基本上是浪漫的，情懷是理想的，「所以多情也是複雜的」，而且「每次醒來都會有不同的風景牽引」（引〈動心〉詩）。

三卷詩作其實也分別凸顯了這種「複雜的多情」的不同面向。概括來說，卷一「蓮花水色」較集中於男女感情幻變的描抒，卷二「水樣世情」較偏重於世間人事易位的慨歎，卷三「紅塵水墨」則點繪羣我關係的悲歡。三卷面向固然不同，但皆特重感情則一。此其中，作者寫追求的幻滅，回憶的失落以及世事情懷的跌宕，在在都令人心神顫動。

此所以，當我們讀到詩人「想像有一天，生命可以是一座森林／也許我可以是當然的風／愉快地拍打著每一片青青樹葉／呼叫著你的名字」（引自〈誘惑〉）的詩句時，同樣也感受了詩人作品對我們的誘惑；當我們讀到「凝固並且淹沒／那些不再美麗和神秘的偶像／見證他們猙獰冷酷表情的敗落和枯朽」（引自〈長夜祭〉）的憤怒時也跟着血脈賁張；當我們吟哦「魚在水裏游動／風在草裏搖曳／鐘聲靜了／驚起一片白鷺」（引自〈離情時刻〉）時更要悚然心驚了。

三

當然，光是浪漫，不足以構成詩的深刻，詩人在這十二年的詩創作歷程中，對於人生的體會尤其值得我們注意。

翻讀整本詩集，作者對人生的感悟可說是無處不在。這些感悟，細究其來，不外來自：一、詩人對人生用情，情盡而餘詩；二、詩人身處在一個海洋文化的國度中，衝激至大情感撞擊亦大而成詩；三、詩人對中國文化本身浸潤既久感懷亦多自然而爲詩。這三者，就第一點而言，舉世詩人，莫不如此，就第三點而言，凡使用華文創作者也率皆如此，但如就第二點而言，恐怕就是新加坡華文詩人所共同面對的考驗了。那是海洋文化格局中多元文化、多種族、多語言的衝擊，它使一個詩人必須在其中潛浸、逃出、轉折、定位；如果再加上母族文化的嚮往，更易形成絕大的拉鋸——這種感悟，緣自作者的既有壓力，卻也使得作者詩中深濃的浪漫情懷獲得節制。

詩集卷二「水樣世情」便具體地呈現了此一特質。在本卷中，詩人面對「山川亂步」而「執鏡繪影」，「冰水點滴都烙上心頭，一覺不免驚出一身冷汗，不知如何方好」（引卷首帖）從而寫出了像〈遷徙的鳥族〉、〈禁果儀式〉、〈野鴿紀事〉、〈無花果樹〉、〈賦別〉、〈長夜祭〉……等多首深沉的悲歌。在這些詩中，作者面對「越來越異國的氣候」，「在一個準備受傷的夜晚」，寫出了母族文化逐漸「在風中凋落」的悲鬱，寫出了華文作家

「繼續沉默，清晰地堅持／手中陳舊結實的油紙傘」的無奈，以及他們「在熱帶多雨型氣候／證明一種永不孤立的血緣」的決志。

這一卷詩作，可以說是杜南發確立其強烈風格的代表作品，卷中各詩的情懷由於迫近了

除了接受陽光
雨水，土地
努力生長的命運

——引自〈進入草原〉

的現實，使他的詩作洋溢著勁健深刻的生命。在海洋與大陸之間遷徙流離、在東風與西風的交替下追尋扎根的土地，這種文化生態系統的轉折，大概也是對以杜南發爲首的新加坡華文詩人的一大撞擊吧！

四

展讀杜南發的《心情如水》，值得我們注意及重視的，當然不是在世界文化體系中華文系統的凋零，而是作爲一個用華文寫作的詩人的執着。在杜南發的詩作中，這種執着相等於

生命和信仰，那代表了：

一羣默默抗拒燃燒命運的
野鴿子
在飽經風霜的野地
為了永遠不能抹殺的過去
甚至未來

——引自〈野鴿紀事〉

這樣的詩創作是來自土地的詩作，是眞實而深刻地反映了時代及生活的文學。在海洋的熱帶風與大陸的歷史流中吟咏悲歌，讀杜南發的詩集《心情如水》，「不知怎地，天就亮了」（引卷三卷首帖）。

祝福杜南發，他的詩標幟出了新加坡華文文學的一道傷口，這道傷口也可以是出口，那就得看杜南發以及與他一樣在海洋性氣候中輾轉反側的作家們的努力了！

一九九一・八・臺北

我信，我望，我愛

《七十五年詩選》導言

一

民國七十五年對臺灣來說，是個十足的「在轉捩點上」的一年。這一年內的臺灣，不管是政治、經濟、文化、乃至社會的諸層面，都有著腳步迅速、瞬目萬千的變化。異議團體的出現、分眾社會的形成、多元需求的提出以及大眾文化的滙集……凡此種種，都顯現出了八〇年代臺灣的活潑勁健，也預示著這塊土地即將擁有更明淨、更寬濶的天空。

相對而遺憾的是，詩壇比較起來，在這一年內，卻顯得疲乏、沉悶，彷彿在百花齊放、眾鳥爭鳴的森林中，忽然找不到自己立足的所在，而發不出應有的聲音來。整個文化生態圈，相應於政經結構的變化，也產生了明顯的蛻革，一年之內五本探尋文化定位的雜誌

（《當代》、《臺灣文化》、《文星》、《臺灣新文化》、《南方》）逐月創刊，蔚爲風潮；然而詩人們則顯得相當乏力，似乎只能點綴在這樣的風潮當中，發出微弱的歎喟。的確也是。這一年內，多數詩刊間出間斷，在經營匪易下，已不若往昔那般蓬勃有力；這一年內，多數詩人幾至於吝紙惜墨，在自我省思中，摸索著創作的新路；這一年內，詩的發表量雖仍維持往年的比例，詩質的提昇與詩路的開拓則顯然困陷窄門，有脫身不易的跡象。

這一年內，假若不是《笠》詩刊於春初一口氣推出三十本《臺灣詩人選集》，則詩人的創作成果勢將更形歛收；假若不是「詩的聲光」工作羣於暖春之際、以及其後因個人詩集出版而配合的各種多媒體發表會的舉辦，則詩壇與社會之間的信息必將無所傳達；假若不是盛夏之時《文訊月刊》召開了「第二屆現代詩學研討會」，則詩壇評論也將更形貧瘠；假若不是秋涼時節《文星》復刊帶來「文星詩頁」，以及臺灣現代詩選外譯本《中國・中國》出版消息的傳來，則詩創作的園地必將更爲狹窄；假若不是入冬之後年度詩選的整編，則眾多詩人在如此沉悶格局中所表現於詩的信念、希望與愛心，恐怕也就毫無策勵以進的可能了。

觀察七十五年臺灣現代詩壇的外在表現，我們不能不如此反省——當文化界在這一年內從媒體傳播、著作出版以及演講論辯等形式中，爲社會發展提供更寬、更廣的視野，更深、更厚的土壤；當學術界在這一年內從生態保護、公害防治、消費保障、乃至人權維護、民主革新等範疇上，爲社會大眾作出更多行動與貢獻的同時，我們這些寫詩的人恐怕更應該反省自己創作的理念、結成詩社的目的以及人生的目標，來爲更美好的社會以及繼起的下一代盡些微力吧！

也唯有在這種反省下，現代詩的內在肌理才有富實的可能。詩的創作，基本上是心靈的映射，內在的「意」，透過詩人專擅的創作技巧，發而爲外在的「象」，來感動讀者，甚至輝耀於整個人類家族生生不息的進程中。這是詩人即使在頹唐濁世不見重視，卻依然能獲歷史垂青的關鍵因素。正因爲如此，詩人經由心靈投射表現而出的作品，最後仍會映照出他的心靈。心中對人類不抱信念、不抱希望、不抱愛心，而會選擇寫詩這種孤獨之路的人，相信是沒有的；心中對人類抱有信念、抱有希望、抱有愛心，而卻能對於處身的時空可以一無反映的詩人，想必更不可能存在吧！

二

七十五年的現代詩壇，相形於社會整體的革新，在外在表現上雖然失色；不過，就其內在肌理來看，倒還展示了相應於這塊土地之多元發展的豐饒內涵。編者在追讀各種詩刊、副刊以及雜誌上的眾多詩作時，便不時警惕自己，不可偏執於個人詩觀，而致遺漏具有各種表現可能的作品。抱愧的是，即使如此，在有限的篇幅中，要具體而微地把這一年內反映了多種不同風格、情思、以至於意識的詩作全部包羅，事實上有其困難。

此一困難的另一最大因素，來自於詩壇集團運作功能的解體，以及詩創作主體（也就是詩人）本身的異化。晉入八〇年代中期之後的現代詩壇，已無五、六〇年代動輒以「主義」相互撻伐的集團摩擦，而七〇年代詩壇新世代的集團運作也已告終。另外，八〇年代臺灣政經結構的大幅轉變，詩人對於外在環境的看法乃就歧出歧入、各有主見；而社會文化的多元發展，也提供給寫詩者更多的空間，他們無需在封閉的圈內徵逐也能獲得肯定，甚或擁有更多的回饋與掌聲……於是各類詩體、各種詩觀、各式風格乃就並行不悖，多元、分化地展示了豐繁的形貌與內涵。

這種現象，在七十五年這一年內幾乎到達了「沸騰點」。檢索這一年內發表的作品，我們不難發現；內容及題材上，從一己情愛的詠歎愧悔到人類前途的省視反思、從政經現狀的強烈批判到牀笫性愛的激情描寫、從生活現實的着力到科幻未來的模擬、從歷史長廊的敍事到心靈轉折的抒情……凡三十多年來臺灣現代詩發展歷程上所思考過的、未思考過的，都在這一年內雜然湧現；形式及技巧上，從古典形式的堅持到白話語體的解放、從現實主義的追隨到後現代主義的開發、從文字的單純表現到媒體的多元應用……凡三十多年來臺灣現代詩壇思考過的、未思考過的實驗，也都在這一年來紛然交疊——編者魯鈍，要在如此混亂的狀況下選取一本能夠適當表現「七十五年度」詩壇面貌的詩選，尤其倍感不易。

從內容的不同選取「好」詩，顯然是冒險的。西瓜選其汁甜，李子取其味酸，內容不同，標準有別，而價值則相當。從形式的不同剔擇「好」詩，自然也是草率的。油畫與水彩顏料兩殊、畫法互異，而美感皆存。編者在面對七十五年眾多形貌、步法都各有所長的詩作時，爲了避免自己對內容與形式的偏嗜介入過多，首先盡力放棄自己也從事詩創作的角色，以一個欣賞現代詩的讀者身分，反覆吟咏初選作品，來從事選取工作。

形式與內容的判準方式，既然都不足爲「年度選」所取，則大概也就只能以詩藝及其凸顯或隱含的意境作爲衡量了。說到「詩藝」、「意境」的高下判別，其實也人云云殊，嚴格的標準還是要回到形式與內容的統一諧和，而這與個人偏嗜又有絕對關係。在盡力求得正確反映七十五年詩壇面貌的心情下，編者對於作品「詩藝」部分的選擇依據是，內容與形式只要能相互呼應，就列入初選；而在意境上，則希望選入的詩在傳達作者個人的「我信，我望，我愛」之上沒有生澀離隔的問題。

對詩人來說，內容與形式的相互呼應，根本上不成爲問題。有什麼樣的題材或內容，使用什麼樣的語言與結構去表達，這幾乎就是詩創作者的基本共識，無庸贅言。問題只在於「過猶不及」，如部分寫實主義作品爲了務求題材的曉暢明白，語言上流於白而無味；部分現代主義作品爲了追求內容的高妙精深，結構上趨於深而難解。碰到這樣的詩作，編者只好忍痛剔除。

至於意境，則牽涉到詩人的人生見解，乃至宇宙觀點的不同，而有相互歧異的差距。編者對於詩人因爲個人的「我信，我望，我愛」所產生的各種不同的執着，基本上是肯定的。信、望、愛，可能是人類共通的德行；我信、我望、我愛，則是每一個個體獨立的尊嚴。鼓勵每一個個體堅持其人生觀點、意識形態下的「我信，我望，我愛」，並學習容忍異己的「我信，我望，我愛」，才是達成人類共通的信、望、愛的最寬濶的道路。因此，在詩選中，編者已竭盡此一認知的可能，兼容並蓄。

但卽使如此，都還絕對不能保證編者的偏見不會介入。幸好這本詩選除了主選外，另有五位在詩觀、品味及人生見識上各有不同的編委，我們各是所是、各非所非，擷長補短、相互合作，大概已能彌補編者主觀之不足於盡善才是。假若《七十五年詩選》眞能正確反映這一年來詩人的血汗結晶，提供讀者據以掌握及瞭解年度詩作風格的各種樣貌，那是五位編委的功勞（他們也各以所長，在「編者按語」方面，開拓了更寬濶的編選視野）；有疏漏、有缺失，則全然出於編者的愚昧。

三

展現在這本年度詩選之內的詩作，就是編者這一年來集（希望避免而可能仍未能避免的）偏見的總成。這一年來幾乎日日讀詩的過程，使我重享了早年習作新詩的甘醇經驗。透過眾多識或不識的詩人、喜歡與不喜歡的詩作，我恢復了讀者的愉快，看到喜歡的詩，就拍案叫好；看到不喜歡的詩，就扮個鬼臉——這種愉快，希望也能讓翻閱這本詩選的讀者分享。

但我也感到新詩創作者的虔誠與可愛。通過這一年來閱讀各種刊物，而特別是同仁經營的詩刊的浸染，我再次體會到詩人在頹唐俗世中堅持我信、我望與我愛的可感。在臺灣這塊島嶼之上，多則三十餘少則有二十餘家詩刊間歇持續，他們自掏腰包發表詩作，多數寂寞而仍能堅持以之，這種傻勁，正是詩人特別可愛之處；當然，彷似無可避免的，他們也分立門戶，偶或相唾以沫，而最後依然要相濡以沫，這種現象，三十多年來未曾稍歇，也可見得出詩人的特別固執。而年度詩選，大概是可以把詩人，經由他們的作品，滙聚在小小卅二開、長十八・八、寬十三、厚最多二公分體積內的唯一「容器」吧。

展望七十六年，以至於漫漫渺渺、未來無限的時光，編者深切地期望：七十五年現代詩壇的沉悶格局，只是詩人們在整個社會蛻變之際的暫時沉思；而詩作肌理的駁雜紛繁，則是各派詩人堅持理應堅持的「我信，我望，我愛」的結果，也是所有詩人容忍異己者之「我信，我望，我愛」的開始。

在堅持的立場上、容忍的態度中，今後的現代詩壇才有可能滙聚眾流，造成大江，再開一個詩的盛唐！

一九八七・三・八《自立晚報》副刊

從泥土中翻醒的聲音

試論戰後臺語詩的崛起及其前瞻

一

臺語詩，作爲臺灣戰後文壇八〇年代最鮮明的旗幟之一，它與政治詩的出現，幾乎同時撼動了鄉土文學論戰之後頹萎的文壇，並進而影響到整個臺灣現實文學的路向，成爲研究八〇年代臺灣文學者不能不加以注目的兩大特色。它們猶如車之雙轍，由臺灣渾厚的泥土中行過，翻醒了自一九四七年二二八事件之後，暫時沉默，而後囁嚅以道的臺灣人的聲音。經由母語的使用，臺語詩標識出臺灣文學最強烈的異於中國文學的質素；經由人民的觀點，政治詩凸顯了現實文學最深沉的反抗廟堂文學的意義。兩者且均相當程度引起了臺灣文學工作者的省思，從而除了透過現代詩的形式之外，也進而在小說，散文、論述中加以彰顯。此一現象，尤以臺語詩（及其後延伸之臺語文學）爲顯著。

二

臺語詩的寫作，並非戰後臺灣所特有，事實上早在日本治臺期間即已開始。二〇年代的臺灣文化界透過《臺灣青年》及《臺灣》，開始強烈地反對由中國撒播來臺，而又陳腐靡爛的舊文學之後，以黃朝琴「漢文改革論」作爲基調，以陳端明「日用文鼓吹論」作爲前導的臺灣新文學於焉滋生。一九二三年四月創刊的《臺灣民報》揭示了「專用平易的漢文……啓發我島的文化、振起同胞的民氣，以謀臺灣的幸福」的宗旨，從此，由《臺灣民報》、《臺灣新民報》爲舞臺，臺灣文化運動由日本搬回臺灣，臺灣新文學運動則以日文、漢文及臺灣話文等三種語言發出了雛聲。到了一九三〇年黃石輝在《伍人報》發表〈怎樣不提倡鄉土文學〉，一九三一年郭秋生在《臺灣新聞》發表〈建設臺灣話文一提案〉之後，以臺灣話作爲思考基點的「鄉土文學論戰」（臺灣白話文運動）從此正式開展。

黃石輝所主張的「鄉土文學」，就是「用臺灣話做文，用臺灣話做詩，用臺灣話做小說，用臺灣話做歌謠，描寫臺灣的事物」，他認爲「臺灣在政治關係上不能用中國話來支配，在民族性上不能用日本話來支配，爲適應臺灣的現實社會情況，建設獨得的文化」，必須提倡鄉土文學；郭秋生則從「吃苦的眾兄弟」的立場，認為日文、漢文（含文言、白話）都非言文一致，因此，必須以臺灣話寫作，才能把文學歸還給「吃苦的眾兄弟」。他們兩人的看法，雖然未脫「文學工具論」的侷限，然而這個基本上是站在臺灣現實社會及其人民立場的臺灣白話文運動，無可置疑地，卻在其後漫長的臺灣新文學運動史上種下了臺語文學的種籽。

黃郭兩人的理論出現後，另一批作家分別站在中國及日本這兩大文化生態系的思考加以反對，不過，一九三一年十二月創刊的《南音》，透過「臺灣話文討論欄」及「臺灣話文嘗試欄」落實了這個運動的基礎戰果。賴和的〈鬪鬧熱〉、孤峯的〈流氓〉……等臺灣話文創作，已經呈現了臺語文學自主的身姿及面貌——在三〇年代的臺灣新文學中，臺灣話文學作為臺灣泥地裏初生的新芽，以漢文的表記方式，抗衡著沿用自中國的北京話新文學，以及日漸成熟壯大的臺灣人日本話新文學。

不過，隨著二次世界大戰的爆發，日本軍政府開始縮緊它給予臺灣人本來就有限的發聲空間。一九三七年，臺灣司令部宣布臺灣進入戰時體制，推動「皇民化運動」，廢止漢文書房，並進一步禁止報章雜誌使用漢文。以漢文作為表記的臺灣話文運動才剛發芽，立卽隨著入黯夜之中，臺灣人作家則在「皇民文學奉公會」的壓力，開始了夢魘一般的寫作生涯，只能透過日文，朦朧隱晦地在作品中表達他們的無奈與憤怒。

一九四五年大戰結束，日本戰敗，中國政府接收了臺灣，對於歡欣異常的臺灣作家而言，面臨的是一個全新的時代。他們立即開始整建臺灣文學，然而這個全新的時代隨即澆熄了他們的熱情。首先是文化生態體系的轉移至劇，在經過八年餘密閉式的日本文化生活之後，他們必須從頭來過，重新適應來自中國的文化系統；其次，是戰後社會的動盪與混亂，也逼使他們必須為稻糧謀，精神上既需調整，寫作上力有未逮（習於中文寫作者擱筆久矣，嫻於日文創作者發表處日稀）；最後，也是最關鍵的原因，則是一九四七年二二八事件以及隨繼其後的白色恐怖年代，整個摧毀了他們一度燃起的信心、壓制了他們延續臺灣新文學傳統香火的努力。在整個臺灣文化界均遭踐踏的環境下，臺灣新文學固然有過戰後短暫二、三年的曇花，卻隨即萎謝在其後漫長恐怖的寂靜中。至於臺灣話文學，這隻早在「皇民化運動」中瘖啞掉的能言鳥，則更不用說了。

三

戰後臺灣新文學運動的再起，應以《臺灣文藝》及《笠》兩誌的創刊作為一個里程碑。

在此之前，所謂「戰鬥文藝」、「反共抗俄的文學」橫行，臺灣文化界的菁英或在二二八喪生、失踪，或在其後不久逃亡、下獄，或者被迫學習中文徐圖再起，根本上已陷於長夜之中。五〇年代的臺灣文學史，即使到九〇年代的今天來看，猶似一艘殘破的小船，在暴風雨下不見了船踪，只剩下幾許白浪，點飾著惡夜……

仍然試圖在「戰鬪文學」的惡夜中展示自主的諸多浪花中，以一九五七年集結的《文友通訊》爲最顯著。這個集合了鍾理和、鍾肇政等九人的臺灣作家羣，以「臺灣新文學的開拓者」自許，經由創作以及生活的交換通訊，成爲培育戰後臺灣第一代作家的搖籃。値得注意的是，日治時代曇花一現的臺灣話文學，曾在此時點燃了一次微笑。「文友通訊」第四次討論時，鍾肇政提出「關於臺灣方言文學之我見」的議題，遺憾的是，在擔心外省人看不懂的理由下不了了之。時間是在中國來臺作家全面掌握了文學刊物的五〇年代，背景是一個白色恐怖的高壓政局，「臺語文學」的出現不能不再往後拖延二十年，也就不足爲奇了。

《臺灣文藝》與《笠》的創刊結束了來自統治當局佈下的長夜。一九六四年四月，個性耿直的吳濁流獨力創辦的《臺灣文藝》以推動「臺灣」的本土文藝爲己任，這位漢詩人的精神，鼓勵了另一批新詩人的熱情，於是臺灣第一個本土詩刊《笠》緊跟著於同年六月創刊了。當時的臺灣文壇，處於基本上是一個展開對反共文學反撲的年代中。來自中國而又不滿於執政當局以文學作爲工具的自由派作家，自五〇年代末葉開始反撲，他們先後透過詩壇

「現代派」的集結以及《文學》、《文星》、《筆滙》、《現代文學》的相繼創刊，宣布了反共文學的死亡；而《臺灣文藝》及《笠》的出現，則是來自臺灣這塊土地及其人民透過文學所發出的自立的聲音，他們以沉穩篤實的腳步，沉默而不屈地蟄伏了十年，到了一九七七年八月「鄉土文學論戰」爆發後，正式告別了以中國來臺作家爲主體的西化派所謂「中國現代文學」。

「鄉土文學論戰」的根本精神，葉石濤在其《臺灣文學史綱》中指出，「是紮根於臺灣人民的朝氣勃勃的，力求上進的靈性，跟日據時代的反帝、反封建的臺灣新文學運動一樣，也跟第三世界的被壓迫民族站在同一個立場」。事實也是，今天由當時被稱爲「鄉土文學」的臺灣作家及其作品來看，可以清晰地看出其中已孕生了八○年代據以正名爲「臺灣文學」的臺灣意識。

臺語詩，卽是在此一臺灣文學受到撞擊的年代中，先以「方言詩」之名，於「臺灣話文運動」沉潛了四十餘年後爆出火苗，重新回到臺灣的土地上，其後並於八○年代中期開始配合著臺灣文學及臺語文字化運動波瀾壯闊地翻醒了臺灣人民的心靈。

四

無論有意識也好，無意識也好，使用臺灣話從事文學創作，幾乎可說是自日治時代以來所有臺灣作家作品中兼有的特色。從賴和以降，臺灣的小說家無論使用漢文、日文或國民黨統治下的中文寫作，最少在小說對話中均使用了臺語，加以部分作家長於擷取臺灣話音韻、語法及漢字表記後獨具的特色，從而更使這些作家的作品以其風格在臺灣文壇上領得風騷。

不過，小說中羼雜臺語，或敍述文中混用臺語，在七〇年代之前仍被解釋爲「生活語言」的反映及「小說語言」的創造；直到七〇年代中期，林宗源和向陽開始使用臺灣話寫現代詩之後，以臺語爲本體，從事自主性的臺語文學創作（一如日治時代黃石輝、郭秋生等所提倡的「臺灣話文」）這才在戰後的臺灣文壇拉開了序幕。

林宗源，臺灣臺南人，一九三五年生。他早在五〇年代即已開始現代詩的創作，並曾於一九五九年擔任現代派機關誌《現代詩》社長，一九六四年加入「笠」詩社，一九七六年獲得吳濁流新詩獎，一九九一年創辦戰後第一本臺灣話文雜誌《蕃薯》詩刊。以寫詩的年齡來說，林宗源至今將近四十年的詩齡可以分爲三個階段，第一個階段是從五〇年代加入紀弦的「現代派」到六四年加入「笠」止；第二個階段，則是自加入「笠」之後到一九七〇年初期他開始思考使用臺語融合北京語寫詩止；第三個階段，則是他自七〇年代中期開始踏出步伐，大量並一路堅持寫作臺語詩迄今。他第一個階段的代表作是〈力的建築〉（一九六五年、笠版）、第二個階段是〈力的舞蹈〉、〈補破網〉（一九八四年、春暉版），第三個階段的代表作則是由鄭良偉加以修改，以漢羅表記方式出的《林宗源臺語詩選》（一九八八、自立晚報版）。而眞正能代表林宗源臺語詩全體精神及其未來走向者，當然是《林宗源臺語詩選》。

在這本自選詩集中，林宗源用二篇〈代序〉表達了他從事臺語詩創作的心路歷程，談到他在第二階段蘊生寫作臺語詩的轉折：

> 雖然我企圖融合母語及北京話，但是不敢大量採用方言、驚用錯字，等到（趙）天儀兄寄《臺灣語典》予我，才大量應用，自按呢母語漸漸取代漢文，在詩語的追求，又一擺有重大的變動及整合。

印證他在《笠》詩刊發表臺語詩作的年代，正是一九七六年之後由趙天儀主編《笠》詩刊的時候。到了一九八○年之後，林宗源已完全驅除胸中「不敢大量採用方言」的情結，基於：

> 詩人應該用他最熟悉的語言去創作，那裏面有傳統的感情，有血也有淚。至於讀者接受能力的問題，是創造後完成的價值判斷了，作者可以不考慮。
>
> ——引自一九八〇年十二月《笠》一百期「詩的社會性」座談

的自信，這位深具臺灣現代社會觀察力的詩人，開始了他此後對臺語詩乃至臺語文學之推動的信念。到了一九八八年他出版《臺語詩選》時，他已經高舉著「臺語文學才是臺灣文學」的大旗了：

> 假使你用臺灣北京話來寫真順手，你已經不是咧寫臺灣文學了。……家己不愛家己的母語，欲滅家己的根，家己的種，無人性無自尊的人怎樣會有人道？怎會有文學？文學有獨立的生命，文學按土生出來，在伊的時空，是開在種族心內的果實啊！

林宗源這段話與黃石輝在一九三〇年提倡鄉土文學的理由，只要把其中的「北京話」改成「日本話」，幾乎可說是同一個人在前後近六十年時差中講出來的——日治時代臺灣話文運動在遭到掩埋了一個甲子之後，又重行在臺灣的大地上翻醒了。

向陽開始發表詩作，晚於林宗源約二十年，他生於一九五五年，臺灣南投人，歲差也剛好二十年。不過，相當巧合的是，他開始發表臺語詩作，卽與林宗源大約同時，發表刊物也是在同年代的《笠》及《臺灣文藝》之上，當時二刊物的詩主編正是趙天儀，而趙氏寄林宗源《臺灣語典》之際，也同樣寄給向陽。這些巧合，使這兩個使用臺語寫詩的詩人對於其後臺語文字化及臺語文學的推動有著相當程度的關注與堅持。

向陽寫作他的臺語詩，是一九七六年元月，同年四月《笠》詩刊發表了標名爲「方言詩」的〈家譜——血親篇〉一輯四首，其後卽在《笠》及《臺灣文藝》上持續發表臺語詩作，一九七八年並以臺語詩獲吳濁流新詩獎。根據向陽後來的回憶：

> 當時我寫方言詩，並沒有特別意識，只是很單純地希望用自己的母語來表現詩，我用細漢時代看布袋戲、歌仔戲和聽講古的語言記憶和經驗，寫了〈家譜〉系列的詩，寄給笠，承趙天儀先生回信，表示他雖不贊同方言詩，但準備刊登，這對當時的我是一種鼓勵。自那時起，我才開始是一個有自覺的寫詩人。
>
> ——引自《文學界》第四期，一九八二年十月

顯然，向陽剛開始從事那個年代還被臺灣文壇習稱爲「方言詩」的臺語詩創作時，也與林宗源一樣，單純以母語的珍愛，而有著一股怯畏、信心不足的心情。事實上，在一九七七年鄉土文學論戰爆發前後，當時的臺灣詩壇對於「方言文學」也仍抱著商榷的態度，林宗源與向陽選擇了臺語寫詩，固然受到詩壇的討論，但「方言詩」的存在仍受到相當程度的疑慮。一九七八年八月，《笠》詩刊在探討「鄉土與自由——臺灣詩文學的展望」（刊《笠》八七期，同年十月）時，座談詩人對於林、向兩人之「方言詩」，即有「沒有必要的話，不宜一定用方言入詩」的看法，不過作爲戰後臺灣文學界首次觸及「方言詩」的座談，這場座談會仍然具有重大的意義，座談的結果，多數均對「方言詩」抱以樂觀其成的態度。這種由疑慮到樂觀的轉變，除了林宗源有過，向陽也一樣自卑過：

> 在整個文壇率以國語寫作的傳統下，少數幾個人各自使用個人體系創作的方言詩，豈不是更屬頹危的掙扎？
>
> ——《土地的歌》後記，自立晚報版，一九八五年八月

然而在寫作、研讀及省思之後，一九八五年把臺語詩結集爲《土地的歌》之際，向陽也

和林宗源一樣找到了土地：

> 這三十六首仍嫌粗糙的詩作，無非在求表達我對生我、長我、育我的這塊土地與人民的愛情，不管出於詠歎、嘲諷、憂心或批判，其中也都蘊含著我期望這塊土地及人民重建自尊，勇健前行的迫切心情。
>
> ——引同前

不過，向陽的詩創作路向也有與林宗源稍有不同的地方：除了臺語詩的寫作之外，向陽自一九七六至一九八五年這十年間，同時也進行著中文詩作的創作，林宗源則完全摒除了創作上的中文思考，並如前所述，將臺語文學定位爲臺灣文學的必要條件。其次，向陽在一九八六年推出詩集《四季》時，對於臺語文學的思考，開始有了轉變。這本以「臺灣四季」爲觀察對象的詩集，延續著一九八五年六月向陽以臺灣工人悲運爲題材寫的〈在公布欄下腳〉，採取使用北京話與臺語對立混用的精神，試圖在其新作中進而混合運用臺語、北京話與殘留在臺語中的日語，來指陳並表現「新臺語」的風貌。針對這個不再強調「純臺語」的創作觀點，一九八八年十月，向陽接受日本學者岡崎郁子的訪談時表示：

> 近三、四百年來臺灣受外來民族統治的結果，語言本身已有變化。……面對著這種語言的多元變化，採用「漢羅表記方式」（漢字、羅馬字併用），才可能使臺語更具發展性，進而建立自足的系統，成為世界性的語言。
>
> ——引〈做爲一個臺灣作家〉，岡崎郁子，一九九一、四、廿六，《自立晚報》副刊

向陽的這一個思考，粗略地規劃出了「新臺語」的雛型：語言上的混用及漢羅表記文字的使用。它既不強調純粹臺語的沿襲，也不排斥現行於臺灣之臺語（含河洛、客、原住民族語系）、北京話乃至日語、英語的混合使用，而以反映臺灣現實及臺灣語言生態體系之演化，作爲臺語文學的依歸。

回過頭來看，在臺灣文學的文字表記方式上，林宗源與向陽共同地支持了夏威夷大學臺灣語學者鄭良偉的主張。這點由《林宗源臺語詩選》交由鄭氏編著、評論可以看出。而林宗源與向陽這兩位臺灣戰後臺語文學的鼓吹者與實踐者，將來在他們臺語詩創作上的思考及前瞻，顯然也將相對地影響到八〇年代末葉臺灣開始的「臺語文字化」運動在文學上落實的成敗。

五

由「方言文學」的自卑進入「臺語文學」的昂揚，是八〇年代中期之後的事，表現在臺語詩的創作熱潮上，更特別明晰。

林宗源與向陽持續性的臺語詩創作及其發表，直到八〇年代初期還是「孤獨的事業」，此期間固然也有其他詩人發表臺語詩作，不過均屬零散的偶作。但是大時代正以逐步加快的速度運轉著，整個臺灣在政治、經濟及社會的急遽轉型之下，也有了新的轉捩。

一九七七年發生的鄉土文學論戰，首先促使了臺灣作家開始懷疑國民黨執政當局預設的以「中國文學」作爲價值中心的體系，他們進而思考從臺灣及第三世界的立場去建構自己的文學價值的可能。進入八〇年代之後，一九八一年評論家詹宏志從「中國文學史的末章」之設立，提出了他對「在臺灣的中國文學」的杞憂，隨卽引起臺灣文壇對於「邊疆文學」論的反思與討論。詹宏志的看法基本設立在「假使臺灣因著血緣的緣故，必須要成爲中國的一部分的話」之前提實現之後：

> 我們三十年來的文學努力，會不會變成一種徒然的浪費？

——引《書評書目》，一九八一年一月號

這個假設性的觀點，引起了臺灣文學工作者的反彈及反省。臺灣文學評論家彭瑞金對此站在「本土化」的立場上，提出了「臺灣文學」的主體性看法：

> 只要在作品裏真誠地反映在臺灣這個地域上人民生活的歷史與現實，是植根於這塊土地的作品，我們便可以稱之為臺灣文學。
>
> ——引《文學界》第二期，一九八二年四月號

同一個時間中，葉石濤、鍾肇政等也都提出了類似觀點與思考——這些討論，促成了「臺灣文學」這個相對於「中國文學」的主體性與自主性體系的建立。臺灣文學在經由「鄉土文學」論戰之後，「邊疆文學」和「本土文學」的辯證過程之下，終於以他本有的面貌成爲其後的臺灣作家無可爭辯的共有名號。

同時，外在整個政治局勢的大幅改變，也加速了臺灣文學自主性的提升。一九七七年的中壢事件、一九七九年的美麗島事件，一方面改變了政治上「黨內↕黨外」（這多麼類同於

文學上「中國邊疆↕臺灣本土」的界說）結構，使得臺灣人民的力量在其後經由抗爭及組黨行動解構了國民黨的戒嚴體制，一方面也衝擊到所有用筆思考臺灣前途的作家，使他們開始更有尊嚴地透過作品去突破臺灣文學界原來受到國民黨統治當局宰制的藩籬。政治文學的登場以及臺語文學的昂揚，即屬此一意識的全面覺醒。

關於政治文學的登場及其發展，需要另文討論，此處不贅。臺語文學則以林宗源、向陽原所鋪陳的幅地爲基點，開始在因爲臺灣意識的深植和整體環境的變動中，廣泛而積極地輻射開來。

首先，是眾多詩人的投入。出版於一九九〇年的《臺語詩六家選》（前衞版），概括地範疇了八〇年代臺語詩的成果。在這一本由臺語學者鄭良偉編選、採用漢羅文字表記的詩選中，除了選入林宗源、向陽兩人代表性詩作外，其餘四人爲黃勁連、黃樹根、宋澤萊、林央敏。這六人應該只是較具代表性、風格較爲特出的臺語詩人，事實上，從八〇年代中期至九〇年代後投入臺語創作者已愈漸壯大，如羊子喬、林承謨、趙天儀、巫永福、莊柏林、張德本、林武憲、張瓊文……等均是。

宋澤萊，一九五二年生，臺灣雲林人，他於一九七八年以小說《打牛湳村》系列震撼臺灣文壇，一九八一年應邀赴愛荷華大學國際寫作計畫，開始以臺語作爲文學思考工具，寫出具有臺灣民俗歌謠風格的臺語詩，其後於一九八三年輯爲詩集《福爾摩莎頌歌》（前衞版）問世。這一本詩集展現了宋澤萊掌握臺灣語言、音韻的高強能力，也凸顯了由土地感情所激發的臺灣意識。到了一九八七年，宋澤萊把臺語轉而運用到他的小說中，寫出了戰後臺灣新文學史上第一篇純粹使用臺語思考、寫作的短篇小說《抗暴个打貓市》（《臺灣新文化》月刊九—十期，一九八七年六—七月），這篇以一個臺灣半山政治家族的故事爲主題、諷諭臺灣政治錯謬的臺語小說，才使得臺語文學由詩延伸到小說層面上來。

與宋澤萊同樣，投入臺語詩創作，並將臺語創作推而廣之進入散文領域的是林央敏。一九五五年生於臺灣嘉義的林央敏，自一九八七年後投入臺語的創作，曾以〈嘸通嫌臺灣〉歌詩獲得自立晚報主辦新時代新歌徵詞首獎。他的詩作，緊緊地抓住了臺灣異於中國的根柢，強烈地溢現了臺灣人當家作主的政治意識。臺語與政治在他的詩中首次結合在一塊。一九四六年生於臺灣高雄的黃樹根，也是強烈地以臺灣人政治立場入詩的一員大將。

黃勁連是另外一個典型。一九四七年生於臺灣臺南的黃氏，曾是七○年代臺灣現代詩壇新世代詩人羣的代表人物，他與多半來自臺灣鄉土的青年詩人共組的《主流》詩刊，對於現代詩之復歸於本土現實著有貢獻。黃勁連自七○年代末葉短暫停筆，而於八○年末期復出，並以密集的寫作，揭出「臺語歌詩」的名號，發表了爲數驚人的臺語詩創作，這些創作一方面融合了臺灣歌謠的音樂性，一方面則普遍地關照了轉型期間臺灣社會的眾多形貌。黃勁連同時也與林宗源投入九〇年代臺語文字化及臺語文學整建運動。

以《臺語詩六家選》作爲觀察臺語詩普遍發展的樣本，當然仍有不足。在以臺灣閩南語爲主體的臺語詩創作之外，發展較慢，但成績不差的客家語臺語詩，也是絕不可忽略的。一九九〇年一月，黃恆秋出版臺灣文學史上第一本客語詩集《擔竿人生》（滙流詩社版），並由臺語學者羅肇錦加以標注。收入他自一九八九年四月發表第一首客語詩〈懷念阿姆〉之後的三十六首客語詩作。黃恆秋在其詩集自序中談到了他使用客語母語寫作的心情，提到他參加一九八八笠詩社年會談論「臺灣新詩的獨特性與未來開展」，受到這時已經壯大的「臺語文學」的激盪，也使他對「鶴佬人以『臺灣人／臺灣話』自居，顯然對客家人或原住民的地位有意無意間造成動搖與損傷」而有所感歎，促成了他的客語詩創作。

黃恆秋的努力是值得的。臺語詩，在其初起時的確是由於寫作者率爲閩南語系臺語作家，林宗源、向陽、宋澤萊等起步亦早，作品日豐，而造成閩南語系臺語即是臺灣話之約定俗成的觀念。然則，從整個臺灣命運共同體的立場來看，臺灣話，自然應該是涵括了閩南語、客家語、原住民族語系，乃至在臺灣生活了四十多年而已然臺灣化了的北京語（所謂「臺灣國語」）；甚至就歷史的觀點言，部分日本話也已成爲臺灣話當中不可能拋棄的外來語根，從未來前瞻而言，作爲海島國家的臺灣，勢無可避免外來各國語言的融入。在此一認識上，臺語文學，或者更廣泛來說，臺灣文學尤需要來自這一塊土地上客語系及原住民族語系作家，用他們的母語從事文學創作，並從而豐饒臺灣文學的內容。黃恆秋客語詩集的出現，無疑落實並推動了此一認知；比黃恆秋寫作客語詩作尤早，對黃氏寫作亦有啓廸的杜潘芳格，以及鍾肇政、李喬等客籍作家的覺醒，自然也將對臺灣文學的策進產生作用。

遺憾的是，臺灣原住民族作家在遭受百千倍於國民黨對來自閩廣移住民的文化壓抑之下，雖然詩人、作家輩出，但仍欠缺以原住民族各族語言爲本體的文學作品集出現，惟可以期待的是，原住民族語文比較起臺灣閩南語、客家語更沒有所謂「漢字」表達的羈限，在作家嫻於拼音表記之後，其發展將更爲快速，而其成績也將更形可觀。

六

臺語詩以及其後衍生而出的臺語文學，就是在時間從二〇年代日本治臺初期，以匍匐前行的艱困路程，跳代傳遞至七〇年代的臺灣，在這段時浮時隱、時顯時沒、時衰時盛的時光之旅中，臺灣人堅持使用自己的語言，重建自己的文學及文化的夢想，已在九〇年代的今天，具體而微地透過眾多的臺灣文學作品架構了出來。

戰後，臺語詩的崛起，絕非偶然。它向前紹述了日本治臺時期「鄉土文學論戰」的香火，向後啓廸了國民黨治臺階段「鄉土文學論戰」之後臺灣人文學的挺進。就語言來看，它與三○年代黃石輝等主張的「用臺灣話描寫臺灣事物」是一脈相承的；但就文學及文化的角度來看，它更周延地在文學及文化的層面上，越過依附於中國文學及文化霸權的侍妾位階，直接以本體文化的角色，向世界文學及文化初試啼聲。這種立足臺灣、放眼世界的格局，已不再是可以被政治力及中國本位文化論者所加以囿限。

學者廖咸浩曾於一九八九年發表〈「臺語文學」的商榷：其理論的盲點與囿限〉（收入廖著《文學與美學》，文史哲版），其後繼於《中外文學》十九卷二期發表〈方言的文學角色：三種後結構視角〉，這兩篇論文就學術的觀點而言，其實十分周延地界定了一個自足的文學體系在面對「多語並存」理論時，標準語書寫與方言口述書寫之間之宰制與反宰制的關係。然則此一理論的前提，但看評論者是站在什麼樣的權力來源——假使以國民黨當局有效統治臺灣的中央權力來看，或者以中國當局宣稱臺灣是中國的一部分（地方）的霸權標準來看，廖氏以臺語文學爲方言文學，視方言文學之極限不過在於「反隸屬化」的意義，且僅限於「豐富後現代精神下新文學的面貌及內涵」之論點，卽非無的放矢；但一如本文前述，臺語文學由方言文學轉捩爲臺灣文學的過程中，臺灣作家在其間已經開始摒棄原來「以方言文學充裕國語文學」的自卑心態，並認知臺灣的權力來源，不是依附於中國及其文化的霸權之下，或者在從未經由臺灣二千萬人民（這才是權力的正確來源）以民主程序肯定其治權授予的國民黨政府的標準下，簡單言之，臺灣作家所認定的權力中心既非中共當局，也非尚未完全經由民意同意的現有權力當局及其文學標準，而在文化主體的論定上。臺灣作家的作品即使是以中文表現者，其對象亦已全然轉變爲對臺灣這塊土地及人民的效忠，固無論臺語文學此一朝向重建臺灣本體文學、文化的工程了。廖氏對於臺語文學的觀察，站在以中國爲中央權力的角度上看，理論是對的；站在臺灣人民要求決定現代化、民主化國家權力來源的角度來看，則是淩空而不切實際的。

當然，在臺灣目前的新文學發展上，「方言文學」雖已轉化爲「臺語文學」，但仍然尚未眞正架構出一個自足的體系，其中一個顯著的因素，廖氏亦曾指出，厥在於臺語文字化的迄未統一。所有觀察臺語文學乃至臺灣語言學的學者及作家，在八〇年代末開始崛起的臺語文學作品及臺灣語學著作中，均可以輕易地發現，臺語文字化主張及表現的紛歧。

晉入八〇年代之後，隨著臺灣人民自決呼聲的高漲，以及臺灣執政當局權力的逐漸解構，臺灣學已成爲顯學，而臺灣語之研究也在無數臺語學者的長年耕耘下擡頭。這些學者對於臺語文字化的主張及其論述多出，一方面固然支應了臺灣作家熱切地回歸母語、掌握母語，從事臺語文學寫作的能力及信心；但在學者各有堅持、作家各找版本的情況下，臺語文學的文字表現方式（卽其「語碼」）自然無以一貫，更遑論語學上工具的規格化了。

但無論如何，由臺語詩點燃的臺語文學之路是已經展開了，就文學的傳播功能而言，經由刺激、反射與諧調的過程，臺語文學文字工具的整合並非難事；而多位奉獻一生精力，貫注臺灣語言之研究及臺語文字化工程的臺語學者，無可置疑地，乃是臺語文學未來卓然獨立的工程師。這些學者，不管他們主張使用純正的中國古典漢語（如許成章、吳守禮、陳冠學等），或強調以簡易漢文結合羅馬字（如王育德、鄭良偉、許極燉、林繼雄等）或主張獨創臺語漢字及拼音字（如洪惟仁等），他們都共同地爲臺語文字化的工程提供了寶貴的語學資源，也使臺語文學工作者在舉步維艱之下有了可以依循的典範。我們幾乎可以說，沒有這些學者對臺語語格、字格及文化格的肯定，臺語文學恐怕至今仍在蹣跚爬步中。

七

最先對臺語詩以及臺語文學抱持以關心及期待的臺語學者鄭良偉，在附錄於《臺語詩六家選》書後的論文〈更廣闊的文學空間——臺語文學的一些基本認識〉一文中，對於臺語語言特點所反映的文化歷史背景有精闢的分析。他提出的特殊成因，分別是：一、很早就脫離中原，沒有經過（中國）北方所歷經的語言變遷；二、新舊移民語言差異，並經混合後，造成臺語的變化；三、本土化過程的結果；四、海洋化與現代化的刺激。這四個特點在臺語文學的特質中也是成立的。而目前臺語文學發展的瓶頸，即是使用純粹漢字作爲書面語的結果，不僅無法充分發揮臺語文學這四大特質，並且陷於漢字約定俗成的文化格局中，難以國際化。

鄭良偉的這個觀點，是由語學出發，其實從文學的觀點看，何嘗不是如此？臺語的文學，作爲臺灣文學中最爲貼近臺灣心靈的文學，也許不一定要像林宗源所界定的「臺語文學才是臺灣文學」那樣嚴苛，但是就文學的角度來看，即使拿「言爲心聲」、「詩言志」這種中國文學的基礎認知作標準，也不能說因爲用臺語寫所以就不再是「心聲」；相反地，即使是一個大中國文化沙文主義者，如果服膺「言爲心聲」的共通道理，自然也沒有任何理由批評臺灣人用臺灣話反映臺灣心靈的臺語文學（政治立場不同的批評非屬文學）。在西方，早在柏拉圖的年代，也已確定「藝術形式必須符合內容需要」的基本美學，這個美學觀直到後現代主義仍在運用。柏拉圖在《理想國》中指出：「我們必須找出有哪些節奏足以表現勇敢和聰慧的生活。一旦找到，就得讓音節和樂調去配合歌詞，來表現這種生活，而不能強要歌詞去遷就音節和曲調。」臺語文學的走向與此是吻合的，爲便於解釋，將柏拉圖這句話稍加代換，即可明白：「我們必須找出有哪些語文足以表現臺灣當代的生活（現實）。一旦找到，就得讓語言和文字去配合內容，來表現臺灣當代的生活，而不能強要內容去遷就語言和文字。」就目前臺灣現實生活的底層來看，諸如語言的混生和雜用，歷史的錯置及交併，還有本土化、現代化及國際化的政經趨勢，都已不是單純使用北京語（語言）及漢字（文字）作爲表達工具所可以負荷，所謂的「國語文學」事實上早已不能作爲臺灣文學的充分而必要的條件了。臺語文學的出現，就算把前述臺灣意識的要件擱住不論，在文學反應生活的單純前提下也是成立的。

問題在於：同樣的標準對今天以臺灣閩南語爲最大宗的「臺語文學」也是成立的。那就是今天我們所強調的「臺語文學」其指涉爲何？第一，假若把臺語文學限定於目前在臺灣約佔80％人口使用的「泛稱臺語」（即臺灣閩南語），而將客家語、原住民語言乃至臺灣北京話視爲「方言」。這樣的「臺語文學」相信絕非目前所有從事臺語文學的創作者所同意，恐怕也不盡符合反應臺灣多元現實的文學需求；第二，假若把臺語文學界定於除臺灣北京話之外各族羣使用的語文文學，這可能可以被臺語文學工作者接受，但同樣就現實來看，使用臺灣北京話及其文字的人口逐年增加中，而其增加人口中不乏臺灣閩南語及臺灣弱勢語系族羣，擯除臺灣北京話語文（或稱「臺灣國語」）人口，顯然也不是正確地反應了現實。

這中間的弔詭，正是我們討論臺語文學這個課題及其前瞻所不能迴避的問題，值得所有從事或關心臺語文學乃至臺灣文化的人思考。換句話說，臺語文學中指涉的「臺語」，源自臺灣這個海島國家的一、早已脫離中國；二、語言因歷史因素混聲變化；三、本土化過程中語言交遞質變；四、海洋化及現代化後外來語的不斷融入等五個因子的長久作用，早已不可能也不再存有「純粹臺語」（古漢語）的空間，現實上也不容許業已質變過的臺灣閩南語「一語獨大」，這均使得臺語的界說勢必不能不加以擴充，來讓臺語（或臺灣話）能涵括臺灣閩南語、客家語、原住民族語系以及臺灣北京話的並生空間，並因這四大語系在經過一、獲得語言尊嚴；二、充實文化內涵這兩個過程後相互了解、交互影響，自然產生出一種銜接相通的「新臺語」，而後臺語文學才得到最後的定位，臺灣文學以新臺語爲工具也就是勢所必然之事，而今天我們所稱的「臺語文學」當然也就是多餘的了。

如此的觀點，似乎過分樂觀，在現階段臺灣人民尚未能充分行使其政治權利，透過完全民主的手段決定國家走向、釐定國家政策之前，而傳播媒介及教育文化也尚無任何正義性、自主權的今天，期望「新臺語」自然誕生，當然絕無可能。然而，作爲臺灣作家，必須充分了解到，目前尚屬起步階段的臺語文學，乃是通往此一理想國的唯一門徑。這從臺灣的泥土中翻醒的聲音，今天還只響在臺灣閩南語和客家語之中，明天就會響在臺灣原住民族作家的詩篇裏——臺語文學作家的堅持，同樣地也將使得目前在臺灣使用純粹中文寫作的作家向臺灣人民及其生活吸汲語彙及養分（此一趨勢乃是必然的，在臺灣當代生活中，夾雜臺語、「國語」已很正常，而在大眾媒體之上，無論平面媒體或聲光媒體也早已「國臺混用」了）。

臺灣作家面對臺語文學的未來發展是可以樂觀的，但對於作爲臺灣文學急先鋒的臺語文學，則必須協力予以呵護。臺灣作家可以透過左列的方式來促成臺語文學的光榮告終，並豐盈臺灣文學獨立於中國文學之外的自足體系，從而向整個世界文壇宣告臺灣文學的自主生命：

㈠參與臺灣現有各弱勢語系作家使用母語寫作的行列，先行重建各語系文學及文化之尊嚴。

㈡臺語文學中從事各該語系創作者必須嘗試聯結，並經由各該語系文字化的成果，尋求一套適合該語系書面表達的方式，通過作品的語學詮釋及流傳，先行統一各該語系文字的表記方式。

㈢在各不同語系之臺語文學次第整合之過程中，臺語文學作家應就不同語系之表記方式，求取共通可行的一套文字表記法（如閩、客、原住民族之間應異中存同，而漢文字根就歷史、文化及習慣言，即爲其間互可通行之關鍵），以使各語系之文學作品得以相生，進而在未來得以相融。

㈣支持臺語研究者對臺灣閩南語、客語及原住民語系及其文字化工作的貢獻，並期成他們拋棄小部分成見，爲所有臺語文字化的統一研究出可以被作家及一般人民使用的共同表記方式。

㈤卽使將來有一日，適用於各族羣的臺語文字化工作完成，臺灣文學自然已無必要再高舉「臺語文學」的名號。但亦不可將在臺灣使用純粹中文寫作而能反應臺灣現實的作家拒斥於臺灣文學的行列之外。因爲，不管任何理由，文學理想的追尋均容許作家個體自我定位及實踐，今天如此，將來也是如此。

八

本文用了甚多的篇幅，追述臺灣新文學發展的過程，以及臺語詩（乃至臺語文學）在臺灣新文學歷史長廊中出現、再起、發展和未來前瞻的討論上，對於今天尙在起步中的臺語文學固然寄予期待，卻也抱持著一股憂心。此一憂心，不在於臺灣文學是否仍將舉步向前，也不在於臺語文學是否可能眞正建構出一個自足的體系。眞正值得憂心的是，以臺灣目前民主化進程之迂緩，以及臺灣人民對於原屬於人民的主權之漠不關心，國家民主憲政要走出光明的前途都難能樂觀，何況是臺語文學此一無關民生的文學課題？

從泥土中翻醒過來的聲音，畢竟還是微弱的，將來臺語文學乃至臺灣文學所發出的聲音，是否足夠壯闊，而能激起臺灣人民的醒覺，就看所有臺灣文學工作者的努力了！

一九九一・五・四・臺北

一九九一・六・十六—二十一・《自立晚報》副刊

・本文係參加一九九一年六月「現代詩學研討會」（「笠」詩社與南投縣立文化中心合辦）論文。

・另有「臺灣話文版」，請參閱一九九一年七月創刊之《蕃薯》詩刊（戰後第一本臺語文學雜誌）。

卷三

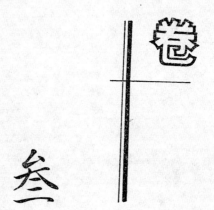

洶湧著的噴泉

讀聶華苓小說《失去的金鈴子》

一

《失去的金鈴子》是聶華苓的第一部長篇小說，首版於一九六〇年由臺北學生出版社推出，那時她三十五歲，正值寫作盛年，不過她卻自謙：「我之寫作只是要擺脫寂寞——與生命同在的那份寂寞。」並借曼絲斐兒的文字來解釋她的這種感覺：

……我必須承認，我感到生命中有點兒東西很悲哀，是什麼呢，很難說。我不是指一般人全部了解的那種悲哀，例如疾病、貧窮、死亡。不，是點兒不同的東西，它就在那兒，很深，很深，屬於人的一部分，宛如人的呼吸。無論我多麼努力工作，使自己疲乏，我也不得不停下，而覺得它就在那兒等待着。我常想是否每個人都有這同樣的感覺呢。誰也無法知道。然而，在它甜美、愉悅的小唱中，我所聽到的正是這種悲哀（啊，那是什麼呢？）豈不奇特麼？

這段話引自聶華苓寫完《失去的金鈴子》後的自述〈苓子是我嗎？〉一文，十足可以展現《失去的金鈴子》這部小說的基本精神。一種無奈的寂寞，以及爲了擺脫這種寂寞而「我努力工作，使自己疲乏；我停下來，感覺到它，又開始工作」的生命感——宿命而又莊嚴。

巧合（或者預設）的是，做爲《失去的金鈴子》這部小說主要象徵的「金鈴子」，正也具有如此的特質。在曼絲斐兒筆下，把「生命中有點兒東西很悲哀」喻爲「在它甜美、愉悅的小唱中，我所聽到的正是這種悲哀（啊，那是什麼呢？）」；聶華苓則使之具象化爲「體似蟋蟀而小之」（《大漢和辭典》注）的金鈴子的鳴聲：

那聲音透着點兒什麼，也許是歡樂，但我却聽出悲哀，不，也不是悲哀——不是一般生老病死的悲哀，而是點兒不同的東西，只要有生命，就有它存在，很深，很細，很飄忽，人感覺得到，甚至聽得到，但却無從捉摸，令人絕望。我從沒聽到那樣動人的聲音。

更進一層地，又透過小說敘事觀點的主角苓子的話來點出：

> 不，不是悲哀，是點兒很深很細的東西，你感覺得到，又捉摸不到，我就叫它「絕望的寂寞」。金鈴子叫得那麼美，那麼快活，我偏偏聽出這一點。真的，只要人活着，就會感到這一點，只是很多人不肯承認罷了。

而這種對於生命之「絕望的寂寞」的無常感，乃是敏銳的青年心靈所具有的特質。聶華苓借由她母親所講的故事，寫下了一個逝去年代（四〇年代）的小城演義，也寫下了一個女孩（狂放、野性的苓子）的「莊嚴而痛苦的過程」及其「一場無可奈何的掙扎」。

也彷彿有所巧合（或者預設）的，一九六〇年，聶華苓出版了這部在她的文學生命中重要里程碑的小說，開始邁向文學的坦途；但天地不仁，也在這一年，她任職並投入有十年餘的《自由中國》卻慘遭封閉、主持人雷震被捕，在「我也隨時有被帶走的可能」之下，她的人生運途從此有了截然兩異的轉折。

在這之前，她離開生長的大陸，來到臺灣，進入《自由中國》雜誌擔任編輯委員和文藝主編，過着雖然寂寞卻也單純而續紛多采的作家生活；在這之後，她先是進入臺大、東大任教，然後離開臺灣，去到美國，投入愛荷華的「作家工作坊」、「國際寫作計畫」等文化交流工作，生活雖然繽紛，卻又複雜而寂寞。在這之前，她離開舊大陸，大概很難想像有一天終究可以回到老家吧；在這之後，她前往新大陸，大概也想像不到有一天居然回不了臺灣吧——然而，這些不可能的都成了事實。一九七八年，她回去過中國大陸，但截至目前爲止，她還未獲「允許」回到她深愛的臺灣。

命運弄人！這種生命中「絕望的寂寞」，這種人生「無從捉摸，令人絕望」的無常，豈不是早在二十多年前聶華苓寫下《失去的金鈴子》時就已預徵了嗎？

二

《失去的金鈴子》，寫的是四〇年代抗戰期間發生於重慶外圍郊區三斗坪的人間情事。依聶華苓〈苓子是我嗎？〉自述，題材得之於她母親跟她閒聊時提及在三斗坪與她們住在一起的「姓方的人家」的故事，靈感則來自於她當年（十三歲）在當地生活一年的印象：

在回憶中，我又回到那兒，又和那些人生活在一起了，我彷彿又聞着了那地方特有的古怪氣味——火藥、霉氣、血腥、太陽、乾草混和的氣味。

也以如此印象做爲背景，聶華苓寫下了這部描繪「一個女孩子成長的過程」的小說。小說以「我」（苓子）爲敍事觀點，故事一開頭便是「我」由重慶一上船的驚險印象：「敵機的轟炸，急流險灘，還有那些不懷好意的眼睛」，然後是來到三斗坪河壩的奇幻印象：

我一眼望去，看見那一抹通往鎮上的土階，上上下下的，有吊着一隻胳臂的傷兵，穿着漿硬的白布褲褂的船老闆，沉着臉的挑水伕，高談闊論、叨着旱烟袋到船上去看貨的花紗行老闆……漠然流去的長江；夏夕柔軟的風；一股血腥、泥土、陽光混合的氣味。誰都有個去處。至於我呢？

彷似詩一般的，聶華苓透過象徵的處理，帶領我們從鏡頭中感染了戰爭下人的奔波、掙扎，與尋覓。主角的「我」七七事變第二年離開了家，「那時我才十三歲。五年的流亡生活已鍛鍊出我的勇氣」，然而在三斗坪河壩特有的（緣於戰爭帶來的）古怪氣味中，四顧尋找媽媽的時候，「那迷失、落寞的感覺，我卻不能忍受了」。

接着，苓子坐上「兜子」（只是兩根長長的木桿加上三塊小木板。一塊小木板吊在木桿下，算是坐板；一塊彎彎的板子綁在後面，另一塊則吊在前下方——八〇年代臺灣的讀者恐怕已無法想像，這是何等簡陋的交通工具！）開始了她的返鄉之行，也開始了苓子的成長心路。

由三斗坪至三星寨這一路上，聶華苓也透過「我」與力伕的聊天，交代出小說中即將上場的人物及其背景：苓子的媽媽陳大姑、莊大爺一家（兩個兒子攆的攆、瘋的瘋，媳婦巧巧）以及重慶來的醫生楊尹之。在「繞了一個山頭，又是一個山頭」後，苓子忽然聽見一個聲音，「若斷若續，低微清越，不知從何處飄來」。

故事便由金鈴子那「很深，很細，很飄忽」的聲音揭開序幕。

金鈴子在故事中不僅做爲序曲，也擔負了轉接與收場的功能，同時金鈴子也象徵了苓子的生命、價值觀的改變及其尋覓、成長的過程。在討論之前，我們有必要把整個故事加以敍述——

苓子回到三星寨的家後，總算回到了媽媽的身邊，這時，尹之舅舅（楊尹之）走進了她充滿少女情懷的人生中，巧姨（巧巧）則成爲她單戀對象的情敵（杜鵑的叫聲在巧姨上場時出現）。活潑而熱情的苓子與同齡的丫丫（黎家姨媽的女兒）成爲互相交換少女心事的遊伴，「她帶着我滿山遍野亂竄，我就向她講外面的故事，講我的流浪生活」。也在「滿山遍野亂竄」中，丫丫邂逅了鄭連長，埋下日後離家的伏筆；而苓子則因着丫丫對尹之舅舅生活的描繪，對於楊尹之有了好奇的愛苗，埋下了日後因愛生妒，差點毀掉楊尹之與巧巧兩人的伏筆。丫丫自然是配角，但與苓子這條主線穿挿搭配，貫穿整部小說，大概有著作者借之以喻青春力量洶湧「亂竄」的作用吧！

苓子到三星寨半個月後，與她們母女同住的黎家姨爹娶了新姨娘，黎家的秩序有了新的調整。這時苓子與尹之舅舅的接觸交談，也加深了苓子對楊尹之的戀慕，苓子「覺得自己在長大，在變複雜」。丫丫則暗中與鄭連長談起戀愛來。而苓子在某次幫尹之舅舅送《浮生六記》（這時，楊尹之送了金鈴子給苓子）給住在莊家的巧姨時，發現了楊尹之與巧巧的戀愛。

夏天過去了，「現在是黃葉滿山的秋天了」，苓子和丫丫都改變了很多，苓子也在她虛幻的戀慕中，在幾個月的山居生活裏看到了死亡、生命、愛情、慾望，「透着眞情的虛僞，在動物的本性中閃着人性的火花」，並因而開始體會到了人生的複雜。

有一天，苓子獨自出外散步，無意有意中突然走到尹之舅舅與巧姨都跟她提過的「掛着虎皮的屋子」（杜鵑的叫聲在苓子心中出現），意外地發現這兒居然是楊尹之與巧巧幽會的所在——這件事對苓子的刺激頗大。到了某個晚上（丫丫在這天不告而別，隨她熱戀的鄭連長私奔了），苓子聽到尹之舅舅和生了病的巧姨的對話（談的也是楊尹之回重慶，巧巧是不是跟他走的事），巧姨提到苓子對楊尹之的戀慕，使苓子羞恨得向莊家姨爺爺揭穿了他們的戀情。

故事到此有了大轉折。巧姨被莊家姨爺爺藏了起來，楊尹之後來被栽贓「賣烟土」下獄，苓子在愧悔交加的心情中這才克服了心中的妒恨，在風雪交加中，冒着生命危險為已入獄的楊尹之送信給巧巧。

結局是莊家姨爺爺病危，丫丫離開了鄭連長回到三星寨，巧姨決定了斷與楊尹之的戀情，莊家姨爺爺在臨終前吐露了他設計使楊尹之入獄。

苓子與三星寨的故事就如此告了段落，苓子和媽媽、丫丫一起離開了三星寨。苓子的成長就在「那一股霉濕、爛木料、枯樹葉、火藥、血腥混合的怪氣味」的老社會中獲得了新生。小說的最後一段點明了主旨，值得複述：

我離開三星寨的時候，我知道永遠也不會再去了。生命有一段段不同的行程，走過之後，就不會再走了，正如同我的金鈴子，失去之後，也不會再回來了。

我要跳上那條大船，漂到山的那一邊，漂到太陽昇起的地方，那兒也許有我的杜鵑——灰褐的身子，暗黑的嘴，黑條紋的肚子，長長的黑尾巴。

三

金鈴子的飄忽清越，杜鵑的成熟暗黑，構成了《失去的金鈴子》這部小說的兩大相對象徵。在小說中，她們的象徵與兩個主要女性的心靈、生活、個性乃至於人生都十分脗合。像金鈴子一樣的苓子，像杜鵑一樣的巧姨，她們看似相互衝突的生命，在主要男性角色尹之舅舅的矛盾性格中浮凸了出來，也在尹之舅舅的悲劇下獲得了妥貼的融合。

當然，主角苓子心路歷程的演變才是這部小說的重心。金鈴子象徵的出現，在整部小說中，配合情節演變，前後計有九次置於關鍵。第一次是在苓子回來三星寨，進入家門、與尹之舅舅照面之前；第二次是與配角丫丫爬山野遊之際（此時丫丫提及了苓子感興趣的尹之舅舅的舊事，然後邂逅了改變丫丫生命的鄭連長）；第三次是尹之舅舅送金鈴子給苓子，並請她代送書（夾信）給巧姨之時，結果苓子發現了舅舅與巧姨的戀情，有了心情失落之感；第四次是苓子自己爬山時，結果誤闖虎屋，發現舅舅與巧姨幽會的場所，產生妒意；第五次是舅舅與巧姨戀情事發後，苓子也發現了金鈴子丟失了，這時小說情節急降而下；第六次是尹之舅舅與媽媽商討與巧姨見面的事，希望苓子傳信，但苓子拒絕了；第七次是苓子幫忙入獄的尹之舅舅傳信，回到家中病倒時，對於金鈴子所象徵的「追尋的過程」的肯定；第八次是丫丫私奔的婚姻失敗回家，苓子與她暢談終宵時的回憶；最後是苓子、媽媽與丫丫重回重慶的尾章。

這九次金鈴子象徵的出現，從苓子對金鈴子本身的喜愛，到獲得尹之舅舅送金鈴子的喜悅，以及隨後而至發現舅舅另有所愛的打擊，乃至於最後丟失金鈴子的愧悔、妒恨、追尋與重新出發，前後貫穿，金鈴子這個象徵，隨着主角心路的轉化，負載起了做爲小說情節轉折的橋樑功能，也適切地成就了苓子這個少女成長心路轉化的點描作用。

與金鈴子相對的象徵，卽是杜鵑。杜鵑這個象徵的出場則配合着巧姨的身分（寡婦）、個性（沉穩）、心情（悲戚）來處理。小說第三章，巧姨初次在苓子面前出現時：

不知爲什麼，房裏的空氣突然沉下來了。天色也沉下來了。破舊的花布門帘幽

> 幽地蕩着。忽然聽見一聲杜鵑叫，很遙遠，但很清晰。在什麼地方叫呢？也許在一個鬼氣森森的原始森林裏吧，就只有那麼一隻杜鵑——灰褐的身子，暗黑的嘴，黑條紋的肚子，長長的黑尾巴，棲在盤根錯節的老樹上，嘔心泣血傾出那動人的叫聲。巧姨坐在床沿，又是那副專心、滿足的神態，捶着那條細瘦的腿，一下下的，單調，有節奏；是的，單調，有節奏，在出殯的舊馬車裏，在昏黯的暮色中——那就是她的生活！

同樣的象徵形容出現於第十四章，苓子發現尹之舅舅與巧姨幽會的「掛虎皮的屋子」時，這裏的杜鵑成爲苓子心目中「尋找」的對象，結果是發現了「巧姨頭上的白絨線花和尹之舅舅的背影」。杜鵑第三次出現時，是與金鈴子（第七次出現）同時浮現在苓子病中的思慮中，這時的杜鵑和金鈴子的象徵意義已成爲同位格，「金鈴子和杜鵑本身並沒意義。有意義的是追尋的過程」。到了小說結尾之際，苓子對失去了的金鈴子不再抱憾，苓子要「漂到太陽昇起的地方，那兒也許有我的杜鵑」，杜鵑從而成爲她生命成長的下一個目標。

兩相比對分析，我們不難發現，聶華苓妥善地運用了象徵技巧來搭建《失去的金鈴子》的有機結構，她通過小說中主要角色的多重衝突與矛盾，經由象徵的巧妙處理，將之轉化於諧和，使她所希望在這部小說中達成的意旨：「成長是一段莊嚴而痛苦的過程，是一場無可奈何的掙扎」整個落實下來，在各種角色的多重衝突中、在情節的轉化逆變下，作者所期望於小說的「使人思索，使人不安，使人探究」乃就獲得了情理中的效果，給了我們對於生命之「勢所必然」以更深沉的啓示！

《失去的金鈴子》另一個值得一提的特質是，與本文引用內文一般，聶華苓在小說場景的鋪設、心理的描繪上，都有相當可觀的表現。六〇年代在臺灣活躍的傑出小說家及他們的傑作，之所以擁有於今不減的魅力，一半也來自於他們駕馭文字、營造氣氛的才華。幾位傑出的小說家，如白先勇、陳映眞、黃春明、王禎和、七等生……等，在這方面都有着獨樹一格，別具典範的才能。聶華苓的《失去的金鈴子》亦復如此，特別的是，這是一部更需要結構、佈局的長篇，而仍能在文字、氣氛上掌握得宜，尤屬不易。隨手摭拾，如第六章起首一段，寫黎家姨爹迎娶小妾當日廳堂的場景，以及「新來的姨娘」的造像：

一個令人難忘的日子。堂屋裏滿堂紅，附近的人也全趕來看熱鬧。黎氏祖宗牌位前面的八仙桌，鋪着猩紅的氈毯，一對大紅燭竄着長長椎形的火焰，天井裏吊着的長鞭爆出清脆紅色的小火花。孩子們透着畏畏縮縮的快樂，尋找着未燃的鞭屑。天已黑了。燭光反映的人影在牆壁上跳躍，奇形怪狀，或高或低，彷彿是煉獄裏一羣幽靈，熬受着苦刑，追求暫時的歡樂。就在那幢幢魅影中，新來的姨娘在紅毯上跪下去，向黎氏祖宗磕頭，搭着眼睛，緩緩地，水紅印度綢的衣服隨着身子的線條蕩下去，裹着渾圓堅實的腰，撐在地上的手臂却是纖瘦、顫抖的。她站起來的時候，怯生生地瞥了黎家姨爹一眼。她鼓鼓的胸脯，鼓鼓的臉腮，微微翻起的嘴唇，露出一顆鑲銀的牙，皮膚白裏透光，流動的水光。身子裏蕩着水吧，我想。

幾乎就是一段絕佳的詩作。在這一段以紅色爲主要色彩象徵的文字中，作者把婚宴堂屋的喜氣，透過不同程度的紅（猩紅、大紅、清脆紅、水紅）細緻地刻繪出來——相對的是，隨即使用反諷，借着「天黑了」的雙重歧義，順勢推舟，毫無勉強地以燭光的閃動來暗示這場婚姻是「熬受着苦刑」、「暫時的歡樂」。詩的張力於是飽滿起來。而對於「在那幢幢魅影中」的「新來的姨娘」，作者則經由「水紅」的印度綢衣服，以聯想來鋪陳「水」、「紅」的兩種反諷象徵，強烈地表現了姨娘的角色，比諸詩家，毫無遜色。

他如第九章起首一段寫三斗坪印象，就是一篇絕佳寫景小品；第十九章寫萃子夜闖大風雪，爲尹之舅舅送信的一幕，彷彿就是一闋動人心魄的命運交響曲……凡此種種，在在顯示出當年三十五歲的聶華苓在小說創作上驚人的稟賦及其殊異於人的獨特風格。

以聶華苓這種寫作技巧高標獨步的表現來看，如果我們譽之爲五、六〇年代臺灣小說界的重鎭之一，想必也不是過譽之辭吧！

四

但更重要的是，《失去的金鈴子》這部小說的本質，乃在於透過主角苓子的自我生命的追尋，以及她所接觸的角色，迸散出來的無可阻遏的生命的力量。誠如聶華苓在完成這部小說後所寫〈苓子是我嗎？〉一文所引法國文學批評家諦波岱所說：

> 真正的小說家用他自己生活可能性中無盡的方面去創造他的人物；冒牌小說家只按現實生活中唯一的途徑去創造人物。小說的天才不在使現實復活，而在賦可能性以生命。

這種生命的力量，來自於創造，而「創造」的最佳解釋，大概也可以用聶華苓一句簡單扼要的話來涵括才是，那就是「走自己的路」。

在《失去的金鈴子》中，聶華苓就是「用她自己生活可能性中無盡的方面去創造她的人物」。透過少女苓子的追尋，她寫下了戰爭時代中一個小街鎮上人們的平凡故事。戰爭就在咫尺之外，但人仍須在現實中生活；故事就發生在一個單純而熱情的少女身上，但生命的尊嚴依然放光放亮。這個故事如此細碎，人物卻是生氣蓬勃。苓子、巧姨的個性顯然是兩個不同典範，介於兩位女性間的尹之舅舅則兼有兩種生命的質素，再加上副線上與苓子身分相等而個性相對的村姑丫丫、與巧姨身分相等而個性相對的寡婦玉蘭姊，以及莊家與黎家兩個不同家族、殊異人物的鮮明對照，都使得人物的可能性大爲寬濶。

就在這一羣被創造出來的人物羣像中，他們的衝突、矛盾，他們生命中的愛恨悲喜相互交纏，反過來使我們面對了生活的實在與生命的莊嚴。像苓子如此年輕的生命，既天眞而又熱情，固然是「一縷細悠悠的金光」也似的青春之泉；那被揪在現實中的寡婦巧姨，她的「單調，有節奏，在出殯的舊馬車裏，在昏黯的暮色中」、「嘔心泣血傾出那動人的叫聲」的「杜鵑生活」，何嘗不也是洶湧著的、蓄勢待發的噴泉？就連舊社會的老人物莊家姨爺爺在無力堅守舊道德（長子娶了寡婦被他攆出家門，次子因抽鴉片逃避緝捕成瘋致死，媳婦巧巧又與醫生楊尹之幾至私奔）之後，垂死一刻的懺悔，死後搭着床沿僵硬、枯皺的手，「能說那不是再生嗎」？這也難怪聶華苓會借用苓子的眼睛寫下如此的心情：「我望着那隻死人的手，感到生命在身子裏洶湧着，像一道噴泉」。

是的，生命不只是清越激揚的熱，也有悲涼沉鬱的冷。生與死、愛與慾、追求與幻滅、逝去與未來，共同組成了複雜的生活的內容，也共同形成了單純的生命的本質。金鈴子失去了，杜鵑還在；杜鵑失去了，還有生命的噴泉，超越生死，一逕地洶湧着……

一九八七・三・十八・南松山

一九八七・四・二十五—二十六・《自立晚報》副刊

驚濤鼎沸勢如山

姚嘉文歷史小說《黑水溝》解讀

我牢中的歲月就在這樣（熬苦）的氣氛中渡過。我似乎不是身陷重牢數年，而是漫遊歷史過去一千六百年。

我在那虛幻和真實的往來奔波旅途中艱辛熬苦獨行。

現在我回來了。我帶回來了七本有不同顏色的歷史小說。

它們會向大家敘說吾祖吾土七彩繽紛各種的故事。

——姚嘉文《臺灣七色記》〈前記〉結語

一

引文是甫於今年春節前夕結束七年重牢生涯、重新投入社會的名律師姚嘉文寫於《臺灣七色記》〈前記〉中的結語。

在「虛幻和眞實的往來奔波旅途中艱辛熬苦獨行」的姚嘉文沒有虛擲七年獄中光陰，他帶出來長達三百萬字的大河小說，記述了歷時一千六百年時光的臺灣歷史。他用「白、黑、紅、黃、藍、青、紫」七種顏色象徵臺灣的七個變貌，藉臺灣發展史上的七個故事表現出臺灣社會中心的七次轉移。他的小說是臺灣歷史的重現，他的寫作是民族經驗的反芻。

以七年牢中時光，處理臺灣一千六百年歲月的進程，姚嘉文的寫作雄心及其堅毅耐力，光從「用去稿紙一萬張（每張六百字）」便足以令人驚服，更何況在選擇題材時需要研讀史書、消化史料，決定大綱時需要斟酌題材、勞神審度，設計小說形式時需要分部獨立、協調統一！這樣的寫作是驚濤鼎沸於方寸之內的煎熬，這樣的寫作就像在汪洋大海中尋找航路一樣不易！

以一萬張稿紙、六百萬個字格，要寫出臺灣七個動盪年代的悲歡流離，並且要參照史籍、語文、哲學與文學，編製年表曆法、寫作手册，如此繁瑣複雜的寫作過程、如此負責敬謹的寫作態度，其勢眞如排山壓頂，若非有縝細的心思與嚴密的推演，便無法在萬山聳動中走出迷嶂。

然而，「忘記背後，努力面前，向著標竿直跑」的姚嘉文完成了這樣艱鉅的創作。出獄不久的他，以總題「臺灣七色記」的七部小說——《白版戶》、《黑水溝》、《洪豆劫》、《黃虎印》、《藍海夢》、《青山路》、《紫帽寺》，以及爲這七部小說的寫作經驗作總結的〈前記〉——震撼了沉悶多時的臺灣文學界，引起了眾多作家、讀者（乃至他昔日的選民）的好奇，也使八〇年代後期進展中的臺灣大眾文學更向「面前的標竿」前進了一大步。

二

《黑水溝》，做爲姚嘉文《臺灣七色記》系列大河小說發展年代的第二部（獄中寫作序的第三部），更是《臺灣七色記》中最扣緊臺灣史關鍵年代（一六八三年末鄭氏結束在臺治理前後）、討論及於臺灣與中國大陸關係變化最爲深刻的一部作品。誠如姚嘉文自述：

> 《黑水溝》討論的是大陸漢人入臺後的「自我調適」問題，以及臺灣與中國大陸之間的關係變化。其中包括鄭氏的反清復明，反攻西征，海上走私，及滿清的議撫勸降，以至最後的澎湖海戰。一方面是海峽兩岸的對峙分合，一方面是大陸漢人在臺灣島上的落葉生根，以及臺灣原住民關係的繼續發展。

這部小說在觸及「海峽兩岸的對峙分合」的思考上，有類似羅貫中寫《三國演義》時的哲學企圖，也有作者本身依據當年史籍推論的歷史觀點，而後透過小說中的角色及其關係做出文學的演義。

這部小說從書名到章名（猶如其餘六部一樣）都隱含著作者的巧設。書名《黑水溝》除了做爲作者賦予顏色以構成《臺灣七色記》的功能外，也有以《黑水溝》象徵臺灣與中國大陸一洋而相隔的意涵，而在臺灣史上，這道《黑水溝》正是「海峽兩岸對峙分合」的關鍵所在。姚嘉文於〈前記〉中引清朝臺灣海防同知孫元衡的話，如此解釋書名來源：

> 臺與厦（臺灣與厦門）藏岸七百里，號曰橫洋。中有黑水溝，色如墨，曰黑洋，廣百餘里，驚濤鼎沸，勢如連山，險冠諸海。

正是這一道「黑水溝」，在臺灣有史以來的政治鬥爭中形成了與中國大陸對峙分合的悲歡愛恨。

以「章名」來看，《黑水溝》說的既是明鄭末期發生的故事，章名也就選用「四個關係明鄭存亡的人的姓氏及職稱」（引〈前記〉）——第一章／陳總制，第二章／馮侍衞，第三章／劉將軍，第四章／施提督——這四個關鍵人物恰好也是明鄭從興至沒的要角。他們在小說中負有轉接史事的功能，也象徵了明鄭從退居臺灣後，由企圖復明到終於淪亡的過程。因此，在討論小說之前，我們有必要略述這四個章節人物在小說背景（末鄭階段）的事蹟。據《清史稿·鄭成功傳》、連橫《臺灣通史》及王詩琅《臺灣人物》整理表略如左：

姓名	字號	籍貫	主要職稱	事蹟
陳永華	字復甫	福建同安	咨議參軍 東寧總制使	永曆十五年鄭成功克臺灣，授「咨議參軍」。鄭經繼位後，凡軍國大事必咨問於他。永曆十八年，擔任「勇衛」，踏勘臺灣南北各社，頒屯田制度，分諸鎮開墾，使得臺灣開闢初成，閩粵來臺移民歲達數萬人，十二月請立學校，使學術教育大備。永曆十八年，鄭經以克𡒉為監國，命為「東寧總制使」，全力佐政，政興民和，因而遭馮錫范、劉國軒之忌。永曆卅四年自請解除兵權，全部撥交劉國軒統率。但因見鄭經日日燕樂，沒有反攻之志，又見諸將彼此猜忌，鬱鬱而終。臺人聞之，莫不痛哭。
馮錫范		福建晉江	侍衛、忠誠伯領左提督	永曆十八年，鄭經西征，馮錫范任侍衛隨侍，受到重用。性貪婪，弄權用事。永曆卅四年鄭經退守臺灣，由鄭克𡒉監國視事，英明果毅，馮恨忌之，陳永華、鄭經皆卒之後，設計陷害克𡒉，立其婿克塽，從此大權在握，肆無忌憚，被封為「忠誠伯領左提督」。永曆卅七年，清軍攻臺，投降內渡。

劉國軒		福建汀州	武平侯、中提督	永曆十五年，隨鄭成功克臺灣。鄭經嗣位後，命劉守鷄籠山，剿撫諸番，拓地日廣。永曆二十年，晉升爲右武衞，駐守今彰化，廿四年，平定北番。後隨鄭經西征，迭有軍功，永曆卅二年，晉升爲正總督，清兵懼之。卅四年鄭經退守臺灣，次年卒。馮錫范陰謀廢克𡒉、立克塽，與劉商議，劉託病，馮遂得逞。克塽繼位後，封劉爲「武平侯」。永曆卅五年清朝以施琅爲水師提督擬攻臺，鄭氏以劉國軒防守澎湖。但因清福建總督姚啓聖與施琅意見不合，延至永曆卅四年，施琅大敗劉國軒於澎湖。永曆卅七年降清內渡。
施琅	字琢公	福建晉江	水師提督、靖海侯	少從戎，爲鄭芝龍部將，後鄭芝龍降清，鄭成功起兵，施琅從之，後因未從成功之令，降清。康熙元年（永曆十六年）擔任「水師提督」，四年掛「靖海將軍」印，請攻臺灣，因遇颶風而返。康熙廿年，因大學士李光地，閩浙總督姚啓聖之薦，再授「福建水師提督」之職，廿二年（永曆卅七年），在姚啓聖反對下，攻下臺灣，清帝封爲「靖海侯」，清廷欲棄臺島，施琅以爲不可，乃設府繼續經營。

由略表可見陳、馮、劉、施在明鄭之開發、經營及覆敗的歷史過程中，確是佔有不可忽視的地位，而姚嘉文以這四人做爲《黑水溝》四大章的章名，從歷史小說的寫作技巧來看，也就更能負載作者的用意，並能巧妙地交代歷史轉折的特殊背景了。

三

回過頭來，我們也得討論《黑水溝》這部小說的內容。

《黑水溝》既是以明鄭之覆亡做小說的背景，在史實方面自有嚴謹的考證，但畢竟還是一部小說；姚嘉文以四大人物做爲章名的用意已至爲彰明，但小說畢竟還是得由情節、角色去鋪陳演出。耐人尋味的是，在這部以臺海驚濤做背景的《黑水溝》中，貫串全局的主角卻是在如此波詭濤怒之歷史舞臺上的兩個小人物。

——望山，「東寧總制陳永華的親近軍士」。

——素面，「年方十七，容貌美麗，很識事體，在總制府內服事有年，深得陳總制疼愛」。

這兩個年輕男女相戀相愛，卻在明鄭覆亡的過程中，受著不可抗抵的外力的安排，陷於隨生隨滅，時時遷移的旋渦之中，終至於素面跳海，望山落髮的分離之局。他們的悲歡離合，他們的愛恨生死，貫穿了自明永曆卅四（一六八〇）年迄卅七（一六八三）年間明鄭的興亡史，也相當程度地象徵了作者所想表達「大陸漢人在臺灣島上的落葉生根，以及臺灣原住民關係的繼續發展」的寓意。

故事便由明鄭永曆卅四（一六八〇）年的陳總制府內推展開來。男女主角（望山與素面）

都是陳總制疼愛的親信，他們在府中相戀，已到了論及婚嫁的階段。第一節啓筆，沈府洋船郭舵公（素面的養父）來府密商，陳總制交代，一、郭舵公赴唐山接人，二、勸郭舵公遊說素面生母許姑同意素面與望山的婚姻，以及郭舵公告辭後，陳總制告知望山，三、望山辭總制和勇衞，不再過問國事，並表示四、鄭家國祚不久，但不論東寧國事如何，都不可動聲色，必須忍長待久，以圖大明再起。

《黑水溝》主要就是沿著陳總制這一席話中的四條線交錯進行。而望山與素面的愛情也就在這四條線的交錯中曲折多變，構成了一部動人肺腑的小說。

影響著望山與素面婚姻多舛的另一個大的格局，則是從陳總制以下四大人物的登場。陳總制的一席話給了望山與素面的希望，隨卽因爲他的憂鬱以終而幻滅。素面調入監國府，望山則成爲劉國軒的軍士，於是望山乃轉而央求隱於善化里的大儒沈國公（沈光文），由沈光文寫信請沈侯爺（沈瑞）命令許姑同意婚嫁，並請監國爺出面，兩人婚姻又現曙光。想不到這時鄭經逝世，馮錫范已陰謀策動鄭經四位兄弟打死監國爺，另立鄭克塽，王城陰謀，又使兩人結合的美夢成爲泡影。監國夫人自盡之後，素面又因董國太的要求，進入王府，遇見來府的馮巧舍（馮錫范之族人），種下了其後馮巧舍以威脅利誘，不斷糾纏的孽緣。幸好，董國太因爲素面的請求，應允出面主婚，又給兩個相戀的人無限的希望。然則董國太隨又因爲受馮錫范之騙，害死監國爺自責以終，素面與望山的婚姻再成蜃樓。「一年未到，三府（總制府、監國府、王府）四個她侍候過的主人（陳總制、監國爺、監國夫人、董國太）都已去世，和望山結緣的希望三起三落」。素面因此把希望寄託在「舵公伯回來後，去找沈侯爺出面」的最後一條路上了！

這時，馮巧舍催逼日急，而郭舵公出洋後音訊杳然，親母許姑又一再逼迫素面下嫁馮府。等第二年郭舵公回到臺灣時，又遇上馮錫范誣陷沈侯爺「通敵謀叛」，抄滅沈家，連郭舵公的「順風鳥號」也被沒入。於是望山與素面的婚姻至此全部成爲落空的美夢。結局是素面不甘逼嫁，在望山與翁七、何應貞（郭舵公遵陳總制囑由唐山接來的兩人）謀刺劉國軒的當晚，與馮巧舍將完婚的前夕，跳海自殺，「到唐山找阿爸」。而望山等人的謀刺竟然功敗垂成。望山這時才要求許姑，答應讓死去的素面與他完婚。

等到施琅進攻臺灣時，明鄭已到窮途末路。劉國軒與馮錫范在海戰失利後，不管主戰主守（乃至遠走呂宋，另建新國）終於還是順降於清，明鄭的國祚到此告終。

明鄭亡後二年，望山已落髮爲僧，並依陳總制所囑，聯絡同志發展天地會，以徐圖復興，小說就在望山等七個結義老少結盟於素面墓前落幕。

姚嘉文寫《黑水溝》時已非生手（這之前，他已完成《洪豆刼》與《黃虎印》），以望山與素面的愛情來勾串明鄭史事的寫法，基本上是成功的。以陳總制、馮侍衞、劉將軍以迄施提督的四個史事階段的「實構」做爲小說波濤詭譎的背景；以理想青年望山與感性少女素面在情愛交挫中產生的細膩悲涼，做爲小說中「虛構」的情節。這樣的寫法，實中帶虛、虛中帶實，正是歷史小說最使人欲罷不能的重要因素。

但是，姚嘉文的創作企圖絕對不止於此，除了考慮小說的故事性之外，姚嘉文《黑水溝》中所戮力經營的，還是歷史的針砭與思想的探討。

四

正是，《黑水溝》以臺灣海峽的怒浪驚濤做爲主要象徵，望山與素面的愛情如此，明鄭人物的衝突鬪爭如此，鄭氏王朝的覆滅亦復如此。他們都在「黑水溝」中面臨了選擇，這些選擇，或者從近程看是正確、從遠程看卻是錯誤，或者從長遠看是福、從短近看是禍。書中的角色，依他們的個性、人格做出不同的判斷；書中的事件，則因角色的交錯，有了不得不然的結果。對《黑水溝》的讀者來說，何嘗不也是如此？我們在姚嘉文巧設的佈局中，也不斷不由自主地被提醒著去思考，去選擇！

隨手舉例，如姚嘉文提出的，大陸漢人入臺灣的「自我調適」的問題，陳總制的施政方針（屯田、立學校、踏勘南北各社、鼓勵開墾）便與馮侍衞（主西征、重兵權）大爲不同，這種調適之不易，由沈國公告訴望山的話可以點出：

> 鄭經西征失利回來，將士船隻損失無數，百姓怨恨，東寧上下交相指責，西征各將人人自危。馮錫范奸貪誤主，罪責最重，尤不得心安，自然要除去留守派才會心安。那藍圖鄭克壓失了陳永華之助……哼，以前是留守勝東征，如今會是西征勝留守！

除了在國事上有這種爭鬪，同樣的問題也出現在人民本身的調適上。望山與素面正是兩個不同的典型。出生於臺灣的望山一出場就受陳總制之託，有「負責臺灣各地」忍耐苦撐的使命；出生於唐山的素面一出場的形像則是「聽她在哭『阿爸』『阿爸』，她還是想著她的唐山阿爸」（順風告訴望山的話），因此，即使是熱戀的兩人在談及婚嫁的困挫時，也不免產生如此的衝突情結：

> 總制爺要我在臺灣各地聯絡百姓，教他們組會結盟，反清復明……我怎麼可以

投清呢？

你到唐山一樣可以做這事的啊！

唐山別人去做，我是負責臺灣的。

這種情結上的衝突，最後也反映到兩人結局的不同。素面最後投海自殺，循著海水去找唐山的阿爸，望山則「落髮爲僧」，籌組天地會，落地生根。

小說中觸及這方面的討論、思考，所在皆有，或者從情侶的對話、或者從清帝的「聖喻」、或者從遺老口中、或者出現於談判桌上。而凡此問題，歸根究柢，來自於《黑水溝》的歷史的、地理的阻隔，姚嘉文並沒有刻意去指出絕對的是非，他依據史實的發展，加以客觀地呈現，依據虛構的人物，加以自然的演出，觸及的則是臺灣有史以來持續未歇的問題，留給讀者共同去思考。

也因此，這樣一部歷史小說，就結構來看是通俗的故事演義，就內涵來看，則是嚴肅的臺灣前途的省思。多年來，臺灣文學的創作，不是執著於純文學的嚴肅層面，就是沉迷於大眾文學的通俗層面，或者兩相混淆折損。姚嘉文的《黑水溝》以歷史意識的思考爲本質，而寓之於具有可讀性的幻滅的情愛故事中，並坦然自承「有寫大眾暢銷書的慾望」（引〈前記〉），這樣磊落的寫作態度，配合他寫作小說時對於史事考證的嚴謹、以及思想深度的落實，實在已爲發展中的大眾文學樹立了一塊碑石，值得臺灣文學界也一起來思考。

《黑水溝》的驚濤鼎沸，就在姚嘉文這部長達十八萬字的長篇小說中，演出了明鄭末期的動盪，寫下了臺灣——這塊土地以及其上的人民——的抉擇。大概這也是姚嘉文整部《臺灣七色記》的主要精神所在吧！

驚濤鼎沸勢如山，撼動我們的，何止是姚嘉文以七年獄中生涯寫下的三百萬字連作；撼動我們的，還有姚嘉文在這七部作品中呈現出來供我們思考、選擇的臺灣——她的過去與未來。

一九八七・五・十三・凌晨南松山

一九八七・七・《南方》月刊九期

推之，理之，定位之

剖析林崇漢推理小說集《收藏家的情人》

一

一八四五年，美國詩人、小說家愛倫・坡（E. Allan Poe, 1809-1849）發表了《麥格路血案》、《瑪莉・羅傑事件的疑點》以及《被盜的信件》等三篇小說，確立了推理小說的地位與面貌。

在這三篇小說中，做爲愛倫・坡第一篇推理作品的《麥格路血案》（*The Murders in the Rue Morgue*），尤其引人矚目。故事的內容描寫發生在法國巴黎麥格路的一件謀殺案，被害者是一對母女，殺害手法殘虐異常。由於案情撲朔迷離，刑警均束手無策，最後卻由一位具有驚人分析力的天才杜邦，偵破謀殺者——不是人，而是一隻猩猩。

愛倫・坡被尊爲「推理小說之父」，也就是建立在他這種構造情節的能力，以及分析推理的才能上，並成爲百餘年來令全世界推理小說作家驚佩、追隨的典型。相似於《麥格路血案》的架構，其後登場的推理小說家及其作品（舉其著者，如英國的柯南道爾，Sir Arthur Conan Doyle, 1859-1930，名作《福爾摩斯探案》系列），大抵也以具有魅力的偵探或刑警做主角，安排出人意料的故事情節，透過主角超人的智慧或靈感解謎，來提供給讀者腦力的激盪與恍然大悟的趣味，這也是何以在沒有「推理小說」的定名之前，通常稱之爲「偵探小說」(detective story) 或「謎思小說」(mystery story) 的原因。

「推理小說」的名稱是到了戰後才在日本出現的。先是一九二三年，日本推理小說之父江戶川亂步（注意他的筆名，羅馬音edogawalanpo，正是仿愛倫・坡的英語拼音而取）率先發表了東方世界的第一篇「偵探小說」——《二枚硬幣》，以十足愛倫・坡的風格震驚了日本大眾文壇，從此偵探小說成爲大眾文學家嘗試突破的另一扇窗子。

到了戰後，以木木高太郎爲首的作家「推而理之」，於是「偵探小說」被「推」成了「推理小說」，而「推理小說」也被「理」出了三大派系——分別是「正宗派」（繼承愛倫・坡以降的西方偵探風格）、「變格派」（經營詭幻情節，以造成讀者恐怖、戰慄爲主旨）及

「冷酷派」（排除浪漫的鋪張及神怪的氣氛，根據行動迫近小說事件的核心）。這當中，正宗派與變格派大抵上屬於西洋系統，冷酷派則幾乎是特屬於戰後日本的系統，且成爲日本推理小說的主流。

冷酷派的推理小說，幾乎都以人類的現實事物爲題材，而特別又傾向於犯罪題材上，且日趨高漲。正如同當今日本推理大家松本清張的《砂之器》、《天城山奇案》，多數推理小說都透過有計畫的巧妙犯罪，造成讀者的好奇，依據合理的推理過程，冷酷而不濫情地給出合理的案情及結果。異於正宗派的有賴於超出常人的神探，也異於變格派的醞釀玄奇的神怪氣氛；冷酷派的推理小說毋寧是寫實的，它根據民情風俗、社會法律乃至於心理醫學等多種知識，架構出了合於現代人生活常情的嚴密情節。

戰後日本的推理小說，也就在眾多開拓者與實踐者的努力下，逐步取代了歐美，終於成爲世界推理小說的王國，傑出的推理小說家輩出，他們從讀者羣中所獲得的收益也令人咋舌。在全日本十大高收入作家中，推理小說家佔了十有六七；松本清張甚至曾高踞全日所得首位達八、九年之久。此一盛況，隨着電影、電視的推波助瀾，更使推理小說在大眾文學的範疇中一枝獨秀，而其中部分作品的水平，也有凌駕一般純文學的氣勢。

與日本推理小說，乃至於其大眾文學的進程相較，臺灣顯得特別遲緩。

二

一九八四年一月，《中國時報》「美洲版」副刊（周浩正主編）推出了臺灣第一部推理小說《島嶼謀殺案》（後結集於一九八五年出版。注意小說篇名，很容易讓我們聯想到一百三十九年前愛倫・坡的《麥格路血案》），離江戶川亂步爲日本帶入第一部推理小說已有六十一年之久。

一九八四年十一月，臺灣第一本正名爲「推理」的推理小說雜誌也才開始上市，這與日本在戰後卽有木木高太郎推出《寶石》推理雜誌比起來，也慢了將近四十年。

不過，由於政治、社會、文化及經濟發展的必然軌跡，臺灣在戰後的第四十年，開始有「大眾文化」的出現，詆之者視之爲次文化、末流文化，認爲這是社會文化向經濟結構低頭的徵象；但也有部分媒體及作家從肯定的角度，期待「大眾文化」的多元發展，來刺激高層文化的躍進，他們開始從大眾文化的文學層次來給予關懷與支持。

就傳播媒體與出版而言，除了推理小說專業雜誌的出現及部份出版社有計畫地推出推理小說的譯介與創作外，一九八四年《中國時報》文學獎特設科幻小說獎，一九八五年洪範書店推出臺灣的第一本大眾文學選集《科幻小說選》（張系國主編），一九八五年四月，《自立晚報》推出臺灣第一個提倡大眾文學的副刊「大眾小說版」，一九八五年九月，《民眾日報》東南文學獎特設推理小說獎……凡此種種，均可看出傳播媒體已正視到大眾文化的問題。

就作家的投入而言，事實上大眾文學的譯介與創作，本來也就伴隨着新文學運動而未曾稍有衰竭——不過，在此之前，多數作家大半不願正視大眾文學的存在；自八〇年代後，肯正視，並以行動期許大眾文學之提升的作家、譯家漸多，他們當中不乏純文學工作者，都分別以創作或譯作投入了這股自覺或不自覺的社會文化潮流中。

站在純文學與高文化的角度來看，大眾文化有時眞像洪水猛獸。「瓦釜」雷鳴，會使「黃鐘」毀棄。但假若從文化發展的流程與梯階而言，不堆積厚實普及的底層文化，則斷無高文化或高品質純文學的可能。前述日本推理小說之擡頭與精進，正是一個例子。

在八〇年代的這股大眾文化風潮中，我們也許應該站在樂觀其成的立場上，去提供助力，諸如大眾文學佳作的譯介、創作、大眾文學理論的建立，乃至於對大眾文學作家的肯定與鼓舞。只有從事大眾文學創作的人不以被稱爲「大眾文學作家」爲恥，從事純文學創作的人不以「大眾文學」爲低，則眞正的社會文化才有落實的可能。而類似拿純文學的標準來攻擊大眾文學、拿大眾文學的影響來嘲諷純文學的「批評錯亂」，也才不致經常發生。求超越的純文學向縱的方向提升，求普及的大眾文學向橫的層面發展，各有所適，就互有助益。

因此，不管就方興未艾的大眾文學風潮，或就社會文化的紮根提升，我們今天都需要有更多的作家坦然投入大眾文學的行列中。如果可能，我們更樂見非作家身分的作家也來嘗試，也來提供大眾文學更多的可能！

三

林崇漢，這位七〇年代崛起於臺灣鄉土文化潮流中的優秀畫家，正是在八〇年代初現的大眾文化潮流中，第一個坦然投身於大眾文學創作的「非作家」。

以畫家的身分，林崇漢在一九八五、八六年分別在《推理》雜誌發表了短篇推理〈我不要殺人〉、〈收藏家的情人〉、〈我愛妳〉、〈水墨與血跡〉、〈骷髏，聖女〉、〈太陽當頭〉等六篇，在《自立晚報》「大眾小說」版發表了長篇科幻〈從黑暗中來〉，立刻引起文壇矚目。一個優秀的畫家在右手拿畫筆之餘，左手仍能不斷地寫出水準以上的大眾文學作品。什麼原因驅使他發揮這樣的才具，是我們必須先瞭解的。

長篇科幻〈從黑暗中來〉連載甫畢，即發行單行本，在這本厚達四一五頁的書中，林崇漢自述（見序〈生死之間——我為何寫小說〉）：

在人們眼中，我的身分可能是畫家、插畫家，可是我的心智和內在衝動卻無法長久蟄伏在繪畫世界裏……

凡是顯露着對人類的困境有所助益的學問或藝術，我都有很深的興趣和關注……自然，訴諸文學的方式，也是我從小以來的幻想之一。

可見，「人類的困境」是這位才氣洋溢的畫家最大的關注點，他在序中也提到自己「羨慕過幽雅悠遠的小提琴，羨慕過唐宋的詩詞，羨慕過米開蘭基羅的雕刻，當然也羨慕無數的中西名畫；然而，不只這些，我還嚮往數學、物理、哲學、佛學、玄學，甚至考古學」，是這種對人類困境的關注，使林崇漢對於雜學有深刻的興趣；也是因爲這樣駁雜、繁複的雜學基礎，使得林崇漢在從事大眾文學創作的一開始，就身手不凡。

在這裏，有必要把「大眾文學」的定義做個交代。根據日本自由國民社一九八五年版《現代用語の基礎知識》「大眾文學」條註（六六七頁）：

大眾文學（大眾小說）：純文學的相對語，介於兩者之間者謂之為中間小說。……據文壇常識，凡以能使讀者喜愛，並能引起讀者興趣為目的，而又富有大眾性的娛樂讀物，即謂之為大眾文學。……大眾文學……在廣義上，除了「時代小說」（譯注，同臺灣的「歷史小說」）之外，尚包含冒險小說、偵探、推理小說、傳奇小說、家庭小說、少年小說、科學小說、浪漫小說、幽默小說、神怪小說等，以及有強烈的文學大眾化、大眾傳播化傾向的未成年小說、科幻小說、性小說、動物小說、山岳小說、戰爭小說等，都使得大眾文學的內容更加多樣化。

在如此繁複多端的題材中，大眾文學理所當然地含蘊了人生的諸多層面及知識。臺灣的大眾文學風潮剛開，甚多原屬於大眾文學的作品至今仍被作者、讀者乃至評者視爲純文學，涇渭不分，於是兩相折損。從長遠來看，隨着大眾傳播媒體的深入生活、影響人的思考，兩者必有「各得其所」的一天。

而雜學多識如林崇漢，可以預言將是臺灣大眾文學的一員猛將，如果他此後的興趣與創作不變的話。以林崇漢的起步來看，長篇科幻〈從黑暗中來〉就交錯着幾乎涵蓋人類知識與生活的諸層面。不過這有待另文評鑑，在此我們不妨就他結集於《收藏家的情人》中的六篇推理，來「推」之「理」之，試着加以定位。

特別是，如前所述，推理小說這樣一種在西洋已行之有百四十年，在日本已進而類別之爲三大派系，而在臺灣猶屬「新興行業」的文體，透過身兼畫家的眼光、雜學家的心靈，以及作家的健筆，林崇漢爲我們的大眾文學帶來了哪些値得借鑑的希望？

四

收集在《收藏家的情人》一書中的六篇推理，細按起來，令人驚訝地發現，林崇漢在其中有意識無意識地，竟然把日本推理小說三大派系的技法都運用上了。

我們不妨逐一細表：

屬於「冷酷派」技法者，如〈我不要殺人〉，以日本某推理小說家杉山靖的叫聲「我不要殺人！」起筆，牽扯出在臺灣的某電腦公司之內的男女之事。故事以電腦程式設計師趙元民的車子在夜裏易位說起，牽扯出電腦助手邱萬生、趙太太，以及女助手周筱如之間的愛慾情節，透過「我」的問詢及推敲，最後終於在「我」到日本找出回日的杉山靖，才由他的口中使整個事件水落石出。這篇小說以題目「我不要殺人」來造成懸疑，每個角色都有被

「殺」的可能，因此造成了在慾網中的每個角色死亡的暗影（後來也只有「我」知道原來這是杉山靖在寫作推理小說時「頭痛欲裂」的叫聲）。愛與死的主題透過了小說中每個行動一步一步推演，十分扣人心弦。

〈收藏家的情人〉也是「冷酷派」擅長的筆法，尤有進之，這是一篇特具犯罪傾向的傑作。背景是日本的畫壇。事件以日本大畫家尤清二的畫展爲主要軸線，前一條「明」線，是尤清二畫展開幕前畫作被移動簽名、調換位置及畫展進行的過程；後一條「暗」線，則是收藏家中村健治的情人鈴木道久子之死及警方查案的過程。全篇錯綜複雜，以調畫案件言，涉案者有中國畫家余維剛（現在從事修補畫的工作）、攝影記者川島夏雄（也是後來道久子命案涉案人）、江貞瑩（余維剛女友，也是畫家，案中扮美人計角色以支開畫廊主人井上宗勳、尤清二經紀人胡周，使余及川島利於作案）；以道久子命案言，涉案者有川島夏雄（前案亦涉入，道久子密友）、畫家尤清二（前案被害，道久子密友）、收藏家中村健治（道久子情夫）——二條線中七個角色全都是畫界中人，而余維剛在前案是涉入主角，後案是破案主角——破案之後，命案主腦者卻是命案案主鈴木道久子。如此二線明暗相倚、糾葛多紛，造成謎團，非獨具推理的邏輯能力，的確難以交代淸楚；而小說中涉及專業能力（畫事），可說是林崇漢的絕活。以雜學爲基礎，以專業爲鋪設層面，這篇推理小說眞是典型而高水準的作品，與先進的日本推理相較，不遑多讓。由此，也證明了林崇漢，做爲一個大眾文學健兒的深沉潛力與廣闊遠景。

屬於「變格派」以營造神怪恐怖氣氛爲主旨的作品有二：〈我愛妳〉以經過設計的鬼哭與欺騙主角（及讀者）的人肉「漢堡」，來造成恐怖氣氛；〈骷髏，聖女〉以主角在男友床下發現骷髏爲始，最後被變態者楊同誤殺「泡在滿滿的藥水裏」而終，尤其令人戰慄。恐怖與戰慄氣氛的營造，不脫人情世故的情理，不過由於這類小說多半也需相隨以神怪謎信，在推理過程中較不易展現作者的安排與設計能力，合理性也就隨之降低。

屬於偵探風格的「正宗派」作品也有兩篇，分別是〈水墨與血跡〉及〈太陽當頭〉。其中〈水墨與血跡〉也是跟「畫」有關的故事，如同大部分的偵探小說，尋線追索以求破案的主角，身兼刑警與警探小說作家兩種身分，不過他的探案最後還是靠元兇自殺前的日記「才能明白整個事情的眞相」。這篇小說不管在寫作技法的象徵或推理過程的巧設都頗爲嚴密，可說已臻於「正宗派」寫法的顚峯。怪的是，寫作順序在後的〈太陽當頭〉反倒失敗了。〈太陽當頭〉以男主角崔益羣兩次「失手」殺父爲主題，兩次殺父的資訊均來自於推理小說自由作家黑蝴蝶的草率判斷，而由女主角董雲的傳達釀成悲劇。崔益羣的母親與主角之「養父」崔采山（其實是生父）、情夫楊×（崔采山販毒集團手下，因與崔母有染，一度被判爲崔之生父）之間的關係、瓜葛，係透過黑蝴蝶之研判，而主角即在錯誤的研判中出手，其間的過程似嫌匆迫，交待亦嫌不夠周延，有草草了事的感覺。

但是徵疵不掩大材。從六篇推理作品的討論中，我們已可以相信，做爲一個大眾文學的創作者，林崇漢的才具的確令人震撼，展望未來，我們的期許應不致落空，除非他的興趣又有轉移，否則臺灣的大眾文學之蓬勃發展也是可以等待的。

五

從而，由林崇漢這六篇有成有敗的推理作品，我們燃起了熱切地，對於大眾文學的定位之期待。

以少數的六篇短作，居然其中各有二篇分別與推理小說的三大派系若合符節，恐怕不能說是出於巧合，且也可見，博學多識的林崇漢在創作之前，已廣泛閱讀過推理小說的諸多經典作品；更足徵林崇漢在踏出他的大眾文學創作的每一步伐中，是有自律地、有自覺地避免著作品風格、題材，乃至技法的覆沓——用如此求全而嚴肅的態度，來從事大眾文學的創作，正是我們的大眾文學得以健全發展的保證。而「林崇漢」三個字，彷彿就是此一保證的背書。

然而，我們對林崇漢的期待仍需落實下來。首先當然是期待他繼續創作、挖掘、發揮，否則本文的一切期待自然是不存在的。其次，我們期待他從「八〇年代的臺灣」這樣的時空中去發揮他的長才。覆按《收藏家的情人》六篇作品，有三篇場景設在異域（分別是日本東京、美國舊金山以及南美各地）、有一篇解索地點及主角爲日本人，只有〈我愛妳〉與〈太陽當頭〉場景是在臺灣（不巧，這兩篇又未臻完美）。此一事實，彰顯了本土推理寫作不易，相對地也指出了本土推理的無限開發與創造的可能，林崇漢的第二部作品如從此紮建，很有可能他會爲大眾文學立下堅實的里程碑。

也從林崇漢六篇作品中的表現，我們欣然看到大眾文學厚實的一面（即使到今天，仍有人把大眾文學或大眾文化看成「輕飄飄的東西」）。其一是，他在六篇作品中展示了一個嚴肅的寫作者的多學廣識（如我們之前一再提起），六篇作品涵蓋了心理學、電腦、繪畫、警務、語文、血型、商務、藥學，乃至禪學、陰陽八卦等人生知識，這種實力，足爲有心發展大眾文學的作家參考，也值得純文學工作者引爲警惕；其二是，這六篇作品的主題（一半緣於推理小說的性格）都集中在「愛與死」、「罪與罰」的思考上，林崇漢的企圖心，除了證明他具有文學大家的資本外，也再一次證明了大眾文學的外緣，雖有「大眾化、傳播化、趣味化」的形貌，但本質上依然與純文學無異，只是殊途，卻都同樣指向人的生活、生存與生命的探討。

不過，這還只是開始，不管對林崇漢的大眾文學創作，或對臺灣的大眾文學之建立，在目前臺灣文壇仍難辨明「何者爲純文學，何者爲大眾文學」之前，所有關心或創作大眾文學的人，都仍必須用更堅強的理論、更完美的作品，來「推」動大眾文學的前進，用更審慎的態度、更嚴謹的創作，來「理」清大眾文學的頭緒。

也許，因著林崇漢給了我們這些優秀的作品，我們暫時可以用這些作品爲證據，給臺灣已現而未明的大眾文學下這樣的定義：

大眾文學是以大眾化為目標，以當代社會大眾關心、興趣的題材為內容，運用創作者多層面的人生知識，透過大眾傳播媒體的推介，以吸引讀者娛樂為手段，達到作者與讀者共同思考人類命運為目的的一種文學。

以此一暫時的定義爲理想，則臺灣的大眾文學仍有一段長路，也有賴於更多像林崇漢這樣優秀的作家之投入。而也唯有在把目今純文學與大眾文學含混不清的局面「推理」開來之後，我們才可能出現厚實的大眾文化，以支撐塔尖的高層文化！

林崇漢，以及現在的、未來的「林崇漢」們，請繼續爲了大眾文學的十足建立，推之，理之，定位之！

一九八六・五・二・南松山

一九八六・六・《推理》雜誌20期

一九八六・六・八—九・《民眾日報》副刊

暗中的微光

——對鄭羽書大眾小說《後街情》的寄望

一

大眾文學的風潮是八〇年代臺灣文壇的特色之一——在此之前，大眾文學有實而無名，通常被泛稱為言情、偵探、武俠……雖然擁有不在少數的讀者，卻未獲得應有的「正眼相看」；到了八〇年代，隨著社會的多元化，大眾文學才出現轉機，金庸的武俠、倪匡的科幻倍受重視，加上推理小說的上場……使得更多的讀者與作者開始願意思考大眾文學的社會意義，大眾傳播媒體、出版社乃至於作家譯者，也相繼試探性地邁出了步伐，透過設獎、出版、創作與翻譯，在無形中鼓勵了大眾文學的登場；批評家也不致再像過去一樣視之為「洪水猛獸」，相對地，不少社會學家則正透過創作小說中鋪陳的社會現象做為切片，藉以瞭解八〇年代臺灣的社會體質。

整個來看，愈趨開放的社會，提供給了大眾文學創作愈形寬濶的跑道——其上容許大眾文學作家依據他們的經驗，發揮他們的想像，乃至給出他們的批判，來勾勒社會的幽微與暗黑，共同與讀者面對現實人生。他們當然異於純文學作家對個人理念的堅持、對藝術巔峯的追求之絕對性；他們無寧更接近於「社會采風者」的角色，站在十字路口上，娓娓細訴著發生在某個角落的故事，你喜歡也好，不屑也罷，他們面對的是洶湧錯肩的人羣，他們的創作有愉人的成分，但也不乏諷世的意味。他們可能很容易獲得掌聲的廻響，但掌聲不是他們的罪過，與人羣易生共鳴，是他們獲得掌聲的原因。

做爲大眾文學的創作者，他們也許不像純文學作家一樣容易贏得桂冠，走進文學的殿堂中（可是，純文學作家又何嘗有幾人進得了歷史？）；他們更可能在掌聲中沉迷昏眩，一夕而亡（但假若有人肯下工夫，從內容、技巧與思想上不斷精進，一樣可以產生當代的施耐庵或曹雪芹！）——因此，只要讀者與評者給予大眾文學創作一個肯定的態度，作者（無論自認爲「純」或「大眾」）願意嚴肅地正視大眾文學的發展，總的來說，都是臺灣文壇的未來之福，有可能使臺灣文學在超越與普及的兩難中，獲得更多躍現的機會。

在暗中點亮微光的，不必然全是純文學作家，起步中的大眾文學恐怕得付出更多的心血，也需要更多的護持，我們樂見大眾文學從幼稚一步步走向成熟。即使只是微光，請勿輕視它，有一天衝破文學格局的，也許就是今天被忽略的火苗。

二

鄭羽書，崛起於七〇年代，而在八〇年代仍不斷創作的小說家，正是大眾文學界的健將之一。她的小說慣以輕靈的筆觸，面對臺灣轉型期的社會，刻繪其中的男女情愛，試圖點描出社會結構的變痕，從而肯定人性微光之不被現實的暗黑所折損。

此一特質，也表現在她較近的作品中，她的近作《後街情》——一部以臺灣社會近年出現的「午夜牛郎」之經歷爲主線，輔之以周圍環境中浮沉於現實、名利、愛慾的女性遭遇，兩相疊合，交錯成「風塵食物鏈」的小說——即爲一例。《後街情》的場景，鋪設在八〇年代臺灣的「後街」（即風月場所），上場的角色分別來自六〇年代的礦坑、娼寮、農村，他們或者爲了家庭變故、或者爲了追逐名利，得已或迫不得已地投入風塵，因緣際會，演出了情與慾的掙扎。

故事一開頭就在床上（這似乎是很多大眾小說的「開場白」了），由男主角唐文生（礦工的兒子）與女主角洛安蒂（當紅的影星）的對話展開。然後分成兩線發展——唐文生的這一條線，從唐回憶往事啓筆（父親在礦變中成爲植物人、妹妹精神分裂，「一家的生活，弟妹的學費」加上父親的醫療費，使唐在「不能再空跑」的情況下，「不能退縮，沒有選擇」地成爲「午夜牛郎」，而洛安蒂卽是他的「客戶」之一），接著安排了唐與「美容休閒中心」的指壓小姐香芸（也是礦工的女兒，先生在船上實習時遇難，帶著遺腹子謀生）的見面及愛情的建立，以至結局兩人的結合。洛安蒂的線則自唐與香芸有了感情後，再被作者安排在床戲中上場，同樣以回憶啓筆，洛安蒂告訴唐她的出身（「我出身在娼寮，我不知道自己的父親是誰，從小就沒有玩伴」的洛安蒂在過了鬱悶不樂的童年後，小學畢業那年母親把她賣給了五十四歲的盧宏達，其後十年盧訓練她歌唱、演技，「過著同居的生活，但對外卻是父女相稱」，後來洛遇上經紀人宋一飛，成爲紅星，盧則銷聲匿跡，由洛供養他一輩子）。隨後，洛赴馬尼拉電影展，獲得了影展后冠，並與菲律賓僑界大亨易華聖墜入情網，最後終於在息影演唱會過後結爲連理。

在這兩條主線中，副線上的角色還有王敏（美容師，唐文生的客戶之一）。因與電影製片廠廠長王元郎在相互利用下結婚，先是「成功」地成爲有了「知名度」的美容企業負責人，後來因王拈花惹草離婚，而與影劇團的官方代表人趙行遠相依附，當上名製作人，最後毀了趙行遠，也毀了自己。至於配合兩主線、一支線的角色則有趙強（洛的追求者，默默下場）、蔡忠化（徵信社老手，拉緊全篇線索的關鍵角色，爲王敏爲了報復趙行遠所聘，結果反爲趙利用，拍了王敏酒後召來唐文生的裸照，並提供給報社，毀了王敏，也使唐文生的身分曝光，回到礦村）、香芸（與唐文生認識後，因已爲前夫家庭要求她的兒子，被拍了裸照，在唐文生奔走下解決此事，離開風塵，進入王敏公司，後因王敏事件離開，到礦村與唐結合）、洪永松（唐文生的老闆、香芸裸照事件的調解人，決定香芸與唐重逢的關鍵角色）、易華聖、宋一飛、葉青霞（唐文生之母）、趙行遠等……。

結局的安排，則是洛安蒂以籌募興建殘障育樂中心爲名，舉辦「最後一場秀」後與大力襄贊她的易華聖赴澳洲定居，把蓋育樂中心的工作交給唐文生與香芸處理——「男有分，女有歸」地在「陽光依然燦爛」中圓滿落幕。

三

整個來看，在《後街情》這部小說中，利用兩條主線與一條副線的交叉錯綜，證明了鄭羽書小說結構經營的用心。唐文生線上的角色（唐與香芸）都出身礦區，都因環境變故墮入風塵，卻又都維持著基本的尊嚴和溫良人性，而終於重獲光明；洛安蒂線上的角色（洛與易華聖）一出身於娼寮，一爲事業鉅子，見面的兩人的角色則是名士美女，從初見的互相貪慕到落幕的結爲連理，是十足「鉅子佳人」的故事——與此相反的是王敏這條副線上的角色（王與前夫王元郎、新知趙行遠、偵探蔡忠化）則都是各有所圖的角色，最後則以互相毀滅結局。

主線與副線的安排，構成了《後街情》的可讀性，也隱然浮現了作者鄭羽書的創作意旨——在肯定人性的光明面的前提下，出身低賤或高貴的角色，只要保有人性的善，無論現實中的打擊如何殘酷，終能撥雲見日，獲得幸福；而事業、前途即使如何巔峯，如其泯滅良性，必歸於人毀自毀——這大概是《後街情》最主要的用意了。

另一個用意，則浮現在鄭羽書處理角色的背景上，從礦村、應召站、休閒中心、精神病患收容所、娼寮、徵信社……到最後的將蓋出的「殘障育樂中心」，光看名稱，顯現的都是發展中的臺灣社會暗影，他們幽暗地畏縮在每一個出場的角色的背後，塑造著不同角色的神色，決定著他們的命運與未來。對礦工生活的同情、對墮落風塵中人的悲憫、對精神病患收容所的抗議，對徵信社的諷刺，以及對殘障者的關心，都成爲鄭羽書的言外之意——她試圖著把創作者對臺灣社會的剖解置入其中，試圖著把創作者的愛心植入其中。在這種心意中，鄭羽書其實與她筆下的角色一樣，都努力著在暗夜中尋索微光，探索出路。

不過，很顯然地，在我們看完《後街情》之後，便會發現，鄭羽書的這兩個用意可能只成功了前者，卻失敗了後者。肯定人性的善良足以擊敗現實暗黑，此一題旨透過故事的穿插敍說，已彰然而現；相較起來，對於發展中的臺灣社會所出現的問題及其針砭，則顯得有心無力：舉其一例，出身礦工家族的唐文生墮入風塵的理由仍嫌不足，由上進的青年而選擇「午夜牛郎」此一行業的內心交戰，恐怕不是「多少個工作機會問過了，卻沒有適合自己的，但不能再空跑，……這是最後一個機會」就能合理解決。當然，唐文生的背後壓力最大的是他父親成爲植物人，「植物人要花費的醫療費卻比死人多得太多」，問題是多多少？醫治的情況如何，是勞保給付？還是礦工家族自理？知道父親成爲植物人的心情撞擊、家中（如母親）的反應如何？在這些背景的加強均付之闕如之下，作者的同情與關心勢必落空，而致有意選擇的背景景深模糊。

我們當然也可以說：這不過是一部言情小說，何必如此計較？可是，我們發現作者不是把它當成一部庸俗的言情故事，她有企圖心，她希望在故事情節的結構之外，再建立起一個小說世界，表達作者情思、意念、理想——在釐清臺灣的「大眾文學」的此際，我們有必要嚴苛一些，以期待大眾文學的步上康莊。

而鄭羽書有這種才情與能力，她在故事的組織上已了無罣礙，在現實事務的經驗上也十分洞澈，她所需要加強的不過是處理故事的背景上的調查與資料運用、以及對現實環境的適度掌握罷了。以言情的題材，過去的大眾小說，可以只有男女主角的主線，整本寫來就是一男一女的「愛恨怨嗔」，鄭羽書的這部《後街情》則已突破了窠臼，讓男女之情到現實社會中去印證，再不是白馬王子灰姑娘的幼稚虛無。因此我們有理由相信鄭羽書有能力更深一層、也有理由期待鄭羽書更進一步，讓社會與現實的背景更加明晰，來決定角色與內容（即使只是一男一女，即使只是情愛）的舉動行止。而這也正是臺灣方興未艾的大眾小說可能無法迴避的前路。眞正的大眾小說，不但要滿足大眾自古以來愛聽好故事的天性，同時更得面對愈來愈挑剔的讀者，向讀者淸楚而深刻地交代原因、剖析複雜的現實，不能隨便用一句話便搪塞人物或情節的關鍵演變。以矗立在言情大眾文學殿堂中的名著來看，古代如《金瓶梅》、《紅樓夢》，外國如《飄》、《冰點》都具有此一特質，它們在講述故事的同時，有意無意地也透過作者對社會的刻繪建構了現實。

四

鄭羽書，這位八〇年代臺灣大眾文學的旗手之一，乃是我們可以寄予厚望的一位，她的努力，雖然仍有微疵，卻提供了舊有的大眾小說一個更開濶的遠景。她的小說最少告訴了我們，即使只是男女情愛的掙扎，仍然與社會現實扯不開來；而也唯有在社會現實的糾扯不斷中，透過創作者多層面的人生知識去吸引社會大眾的關心與興味的小說，方才能支持臺灣大眾文學的未來生機。

在部分所謂「純文學家」們仍然對大眾文學嗤之以不屑的今天，目前從事或有志朝向大眾文學創作的作家，無疑也像走在一條孤寂而暗黑的路上覓尋微光，鄭羽書以及這些為臺灣大眾文學開路的作家一直嚐遍「暢銷卻不易被認可」的滋味，但只要他們有心，並且更加嚴肅（這不是「純文學」的專用語，是人類所有行業的專業態度）、更加戒愼戒懼地去充實作品的內涵、層面，去開拓作品的格局，深入到大眾文學無可避免的深奧而暗黑的「後街」挖掘、呈現，有一天，暗黑會褪盡，微光勢將大明。

一九八六・八・四・清晨南松山

一九八六・九・三・《臺灣時報》副刊

抱夢邁向新世界

讀吳豐山政治寓言小說《臺灣一九九九》

一

《臺灣一九九九》，誠如作者所言：「這不是小說，而是對臺灣前程的憧憬，也是一種深沉的期盼。」可見其主題是在傳達作者對於臺灣這塊土地的期盼與憧憬，作者借用「小說」形式，正是嘗試透過小說章節鋪陳他的政治理念，並從而吸引國人認同他的理念，共同來締造一個邁向國際新世界的國家境界。

因此，我個人對這部帶有濃厚政治寓言味道的作品，基本上是站在當前臺灣困境能否突破的角度來解讀。

以當前臺灣面臨的困境而言，我們在整體的國家機器之整建上仍然停滯在宰制與反宰制的矛盾格局中。對內，憲政體制的改革雖然已是朝野共識，但牽一髮而動全身的憲法到底應該重新裁製或者只是修補，到現在朝野仍在爭議之中，憲法當中牽涉行政體制的總統制或內閣制也仍無共識，國是會議好不容易作出的共識「總統直接民選」，執政黨也依然試圖抗拒中。整體來看，憲政體制的種種問題假若不能在明年選出二屆國代後謀求一個妥善的解決，那麼，顯然作者這部《臺灣一九九九》所鋪陳的美麗新世界便將是夢幻泡影。

作者大概是個無可救藥的樂觀主義者，因此他一啓筆，一九九五年底經由直接民選產生的總統已經在一九九八年買下了菲律賓呂宋島北邊三分之一的土地，以爲二〇〇〇年第二屆民選總統的連任鋪路——在這裏，作者已預設了，一、一九九五年總統必須也必然民選，二、總統任期四年之總統制的憲改見解，誠如林洋港先生所說，這一條繩索一動，整串粽子就都拉起來了。《臺灣一九九九》以「新國土、新總統」做爲楔子，透露出作者主張制憲、一九九四年並採總統制的政治見解，在我來看，這是十分高明的。

二

從而其後十二章導引出的，便是作者對於臺灣做爲一個主權國家施政藍圖的規劃。諸如臺灣對應於中國的關係、臺灣與國際間的外交，以及臺灣內部政黨政治、國防整建、國會結構、國土規劃、醫療保險、公共建設、人口政策、少數民族問題、司法整頓以及住宅、環保、教育、老人福利等問題，在作者的規劃下，都是透過總統制的施行、以及直選總統面對選舉壓力而達成。

因此，整部「小說」的骨幹，便是業已執政且大權在握的民選總統，他的權力來源是四年一度來自臺灣人民的選票，他的憲政法源，是一九九四年制定的新憲。這部現在我們當然還看不到的憲法，除了確定民選總統制之外，顯然也廢除了現行的政府五院組織，總統主持國務會議，中央政府設十五個部（其中新增青年部、公共工程部、婦女部、少數民族部、衞生福利部、勞工部等），採行政、立法、司法三權分立制，總統對單一國會負責；司法自成體系；至於地方制度的設計則廢省留縣市；基本國策方面基於「臺灣分立」的原則，國防朝向現代化發展裁減兵力，大陸政策以建交、互助的原則簽定互惠協定，從而也打開了與國際間的外交關係（五十四個邦交國，並促成英國國王來臺訪問）；此外，在國民經濟、社會安全、教育文化及少數民族、弱勢族羣、環保等亦均有令人欣慰的規劃。

由「小說」中浮現的這種「新國家」的形貌的確呼之欲出。簡單來說，這部政治寓言，根本上是站在臺灣足夠成爲一個獨立的國家，臺灣人民具有足夠的智慧解決九〇年代的統獨爭議、國家定位的迷思的樂觀心態上架構起來的。這當中，相當多的情境，頗能使人心嚮往之，例如購買新國土、與中國保持互惠互利之關係，邁入國際舞臺等對外關係的大開大闔，如國土美化、交通建設與博覽會等對內建設的朝野用命，又如行政體制的單一化、政治的民主化，都相當符合小國寡民的理想運作。

三

不過，這也有可能會是個「政治桃花源」，在距離一九九四年（作者規劃「制定新憲」）還只剩三年的短暫期間內，要來一次大攪動，恐怕將是進入桃花源之前的黑暗年代——作者在第六章也「預設」了這樣的情境，如一九九二年修憲大會統獨論爭的糾纏，年底立委改選修憲制憲之爭均使社會惶亂不安，移民情況嚴重。這段直到一九九四年制憲之間的三年，作者似乎有意地迴避了中共對臺政策的可能發展及反應，我認為，如果說《臺灣一九九九》的政治寓言在架構上有什麼缺點，恐怕這是唯一可挑剔的一點。從一九九二——一九九四年三年間，中共對臺政策勢必也會隨著臺灣政治改革的走向，以及整個國際外交空間的開拓而有所更張，也許走向開明（否則一九九六年就不可能與臺灣總統簽訂互惠協定），也許以武力鎮壓臺灣——但無論如何，《臺灣一九九九》缺少不了一章來「寓言」中共的對臺政策之轉化，及其對臺灣、對國際引起的震撼及影響。

從整體來看，對臺灣的前程的憧憬與深沉的期盼，是《臺灣一九九九》值得朝野共同思考的主要精神所在。對於作者的政治見解，以一個文學工作者的身分，我是很能夠接受這樣的一個「夢」，它是「豐山伯仔」的夢，看起來像天方夜譚，但是，一個沒有夢的政治人物，就不可能成爲一個經世濟民的政治家，一個沒有夢的民族，也不能在這個地球上站起！從而，《臺灣一九九九》這部政治寓言所給我們的，除了作者對臺灣前途所規劃出來的藍圖以外，更重要的意義，恐怕還是在於指出：儘管臺灣今日的國家定位及其國際人格均尚未確定，但只要朝野能以臺灣做爲生死與共、禍福與共的命運共同體，懷抱著建設臺灣成爲一個地球上新樂園的遠大理想，並且全力以赴，臺灣的前景當然可以樂觀，而一九九九年臺灣成爲國際社會中一個主權國家的角色，自然也就不是遙不可及的夢想了！

一九九一・八・十七・《自立早報》副刊

若夢浮生

銀正雄小說集《黑暗之狼》的批判觀點

有人把小說視爲一種「救贖」、有人把小說視爲「消遣」；有人試圖透過小說「反映」社會、有人企圖透過小說「建構」眞實；也有人認爲小說既不能「反映」什麼、也無法「建構」什麼，小說本身就是一個「虛構」，只是在作者的言說（discourse）之下，顯現作者的自我及其意識型態罷了。

我不知道銀正雄，一個戰後在臺灣出生的作家、一個經歷過七〇年代「鄉土文學論戰」洗禮的作家，對於在已形成資本主義的消費社會中繼續從事非消費性的小說創作，抱持著什麼樣的心情；但我大概可以瞭解，透過集結在這本《黑暗之狼》的九篇作品，他仍試圖爲一個黯黑無助、孤立無援的底層社會點燈。而這種心情，也許已不適合於浮華世界，在光鮮亮燦的繁燈之中，誰又在意縮身於暗鬱角落的塵灰呢？

銀正雄顯然還是在意著的。正如羅蘭·巴特（Roland Barthes）在《戀人絮語》中所述，面對「要嘛你有些希望，並因此而行動；要嘛你毫不抱希望，因此你得死了這條心」的選擇，銀正雄的回答，透過他的作品，則是「我不抱希望，但我仍要——或者『偏要』選擇不做選擇。我情願吊著，但我仍在繼續下去」。

《黑暗之狼》所收的作品，正是銀正雄面對臺灣底層社會的暗影，在已經愈趨功利主義的「文學工業」中「情願吊著，但仍繼續下去」的一個陳述。他對於臺灣社會的「空洞化」結構及其所導致的人的虛無、意義的荒謬，以及生命的無助，是結結實實地透過「小說」來加以批判的。這些小說，經由〈滄桑〉中上班族徐生智與舊日戀人的久別重會、〈浮生〉中徐家命案牽引出一段婚姻、〈臺北物語〉中一對二次大戰期間臺日老戰友的「死亡」約會、〈星辰離我們遠去〉中法院民事執行處低階職員的一日以及〈馬家鬧劇〉、〈大選勝利的晚上〉、〈那一夜，我們翻雲覆雨〉、〈遊戲終止〉等小說中的刻繪，整體上彰顯了一個若似夢境的浮生圖繪，小人物、低階級的悲歡離合、愛恨生死，使人對於這個社會的「眞實」感到深刻刺心的悵然。

而作爲書名的〈黑暗之狼〉，則企圖對於一個因連續搶刼殺人的現役士兵的剖白，揭開資本主義社會中一個畸零者的內心情境。銀正雄的筆觸鋪陳在社會、法制與個體生命成長圖式三者之間，一方面固然「虛構」了一個死刑犯的最後陳述，一方面則也顯露了作爲文學家的他，潛藏在心靈深處的對於生命存在意義的諷刺。

總結起來看，《黑暗之狼》無寧是臺灣八〇年代社會一個無可奈何的反諷。若夢的浮生，普遍地存在於整個社會的底層之中。銀正雄以他的冷澈的眼，洞見了一個令人不敢抱以希望，但又不能不，或者必須繼續活存下去的資本主義社會的存在；而人，則擺盪著，在日復一日被「生產」的浮生中，在支零破碎的「再生產」的夢裏。

一九九二・八・二・《自立晚報》副刊

分立與統合

俯瞰八〇年代臺灣新世代小說走向[1]

一

八〇年代，是臺灣文學眞正找到自我的年代。在此之前，賴和（一八九四－一九四三）以降的眾多文學工作者，或在殖民高壓統治下以筆墨來冷對囚牢，或在層層限制的環境中以愛心來擁抱土地……他們的筆之拿來寫作，多半緣於外在條件的逼迫或苦悶。反帝、反封建、反殖民的使命與色彩強烈地附著在作家的心中筆下，文學本質的思考也就變得次要了。相對的是，部分作家把苦悶託之於外來的歐風美雨，在西化的痲醉中，忘掉了自己立足的土地，只汲汲於追逐文學技巧，藉供做爲逃避的盾甲。

邁入八〇年代後的臺灣文壇，則有了勁健明朗的局勢，並展現了不再託付西潮的自主本色。對於外在環境的抗爭依舊傳承著，卻不致被視爲文學創作的唯一使命；對內在本質的提昇也依舊延續著，但不被拿來當成逃避的藉口。隨著七〇年代末期臺灣民主化的浪潮，以及鄉土文學論戰的衝擊，戰後世代的作家開始了悟到：文學與土地的不可須臾分離。就其有限性言，文學固然不用負擔太重的使命；就其無限性而言，則文學顯然必須與安身立命的土地相結合。主題意識與藝術技巧猶如兩翼，決定著臺灣文學這隻大鵬的高飛或頓挫。換言之，八〇年代的臺灣文學，是而且必須是在不斷反映臺灣這塊土地的悲喜愛恨中，透過文學，來展現整個時空中持續著的被解決或未被解決的問題，並從而豐富其內涵與思想。文學水平的提昇與本土精神的深刻，正是八〇年代的臺灣文學可以告慰於前此各年代的特色。

尤其是小說創作，邁入八〇年代後，眾多而立的新世代小說家猶似星辰燦亮，開遍了文壇的夜空。他們或秉持了日治時代以來臺灣新文學發展的優秀傳統，繼續發皇反封建、反殖民的民族意識；或吸收了戰後臺灣現代文學發展的豐饒養分，鋪展了多元化的文學路向——也許有人「厚此薄彼」、有人「厚彼薄此」，整體來看，他們都共同爲八〇年代的臺灣，以及這塊土地上的人民，恰如其分地刻繪了繁複多樣的形貌。

二

《失去的月光》與《變翼的蝴蝶》，做爲拙編「新世代小說展」的兩册選集，基本上是我繼《春華與秋實》（七〇年代作家創作選・詩卷，七十三年文化大學出版部）、《生命的滋味》（新世代散文展，七十三年《自立晚報》）之後，又一次呈現新世代作家創作風貌爲編選主旨的選集。這三卷的完成，如可能再補上「新世代評論選」，相信應可總括七〇年代作家初現於戰後四十年文壇的整體形貌，藉供我們據以評估臺灣第一階段新世代作家的表現。

特別是，緣於從來小說就與現實有較緊密的貼近，這一卷兩册的「新世代小說展」，較諸詩與散文，更契合於前述臺灣文學的主要精神。以選入本卷兩册的卅一位新世代小說家的作品來看，雖然仍只是眾多新世代的部分（還有一些傑出的現役作家未能參展），但他們分佈在戰後的各個年齡層上（從一九四五至一九五七年），連貫而下，相當程度象徵了這些作家在臺灣文壇的新生代代表性。他們之中，幾乎都出生於臺灣，成長於臺灣，他們腳踏臺灣土、頭頂臺灣天，眼看四十年來臺灣的發展，自自然然地筆下也就宣洩出了臺灣的色彩。由於歷史的錯弄，他們分別擁有不同的籍貫，但這並無損於他們四十年臺灣經驗的擁有，他們寫的也許是個人的愛恨、也許是時代的悲喜、也許是現實的明暗、也許是未來的寓言，外延各自殊異，意識各有分歧，但本質上都是整個八〇年代臺灣時空的產物。他們在作品上所呈現的分立特色，使本卷小說選洋溢著新世代作家的實力與光熱；統合起來，則正是戰後成長的一代之臺灣經驗的完整給出。

透過這種創作分立與經驗統合的特色，我們乃就更有理由對發展中的臺灣文學抱以樂觀。他們是純粹由戰後的臺灣土地所孕育出來的作家，在共同面對腳下這塊土地的共通立場上，容其各有所偏，卻也各有所長，他們的作品初步印證了他們的文學省思與創作路向乃至於意識型態，忠實地反映了目前雜然並存於臺灣的繁複、紛亂的現象；但可喜的是，他們的包袱較輕，有可能他們之中將產生值得仰望的文星，從臺灣的土地昇起，照耀著臺灣的天空，而後埋骨於臺灣的土地。只要他們願意，這種島國的宿命，絕對不會侷限他們的視野。恰恰相反，臺灣本土的深入挖掘與呈現，正是他們為世界文學提供開濶格局的最大本錢。

三

其次，從本卷卅一篇作品中，我們也不難隱約看到臺灣文學未來發展的兩組路線正在成形。它們有分立的現象，同樣也有統合的可能；有叠合的交集，也有分道的歧出。置之於八〇年代臺灣政治、經濟、社會、文化相互激盪的場景中，尤其明顯。

其一是純文學與大眾文學[2]的可能分門別立。特別就小說題材與處理技巧來看，純文學與大眾文學多年來雜然不分的局面，已造成了臺灣文學往前推進的阻礙。對作者，只有辨明他的創作歸屬，而後才有提昇的可能。八〇年代的臺灣顯然已步入大眾消費時代，純文學創作之不易獲得眾多讀者已成定局，而大眾文學創作之易邀讀者垂青也成必然趨勢，作家有必要在這兩種文學層之間作一選擇。選擇純文學的創作者努力創新，不斷提昇文學的原創性，不再計較讀者庸俗，毅然從事千年大業而終生無悔；選擇大眾文學的創作者也大可理直氣壯，在贏得大眾的認可中深入現實，充實較可能出現的貧乏，並獲得因這種努力所應得到的尊重與回饋。對讀者，恐怕也只有純文學與大眾文學分門別立，他們才可能在促成大眾文學的暢銷之餘，不致錯認這就是文學的終極；也才可能在無法消化純文學的孤傲之下，還能欣賞或至少重視這種作品的原創。從本卷所收的作品中，我們欣然看到這種分立的彰然若現，假以時日，相信大眾文學勢必會獲得應有的定位，並與純文學創作共享臺灣文學的天空。

不過，所謂「純文學」與「大眾文學」基本上還是文學範疇的分類，無關乎價值判斷。純，未必就能保證是好作品（我們看多了純文學創作範疇中的濫作）；大眾，也不見得就會被歷史所淘汰（《水滸》與《紅樓》至今依然膾炙人口）。既是文學，基本的水準當然不能被排除於考慮之外，於是第三組路線的異同，也一樣出現在本卷所收的新世代作品之中，而不同作家對同一塊土地與現實，所懷抱的不同觀點，乃就形成了兩種不同的風格。簡單言之，一是沿承著臺灣新文學史一貫而下的寫實主義的傳統，一是發揚著臺灣現代文學發展階段中叱咤一時的現代主義的氣質。其實嚴格以論，這兩者都是文學面對社會的必有反應，只不過一者對社會現象探深入切進的意識，一者抱冷靜旁觀的態度。一如文學史上所有爭持未決的論辯，這兩條路線的消長，無代無之，其上的傑出作家也各有斬獲，但最後輝耀於殿堂中的，則往往是兼容並蓄的大家。我們深願走在不同路線上的作家，善取對方的優點，來澆灌臺灣文學厚實的土壤。

四

從另一個角度去推演，純文學與大眾文學的分立已勢所必趨，假使寫實路線與現代路線未能統合，則未來的臺灣文學必將因為這兩組路線的糾葛，出現如左混亂的局面：

(1)純文學本身的寫實與現代路線之爭。

(2)大眾文學本身的寫實與現代路線之爭。

(3)純文學寫實路線與大眾文學寫實路線之爭。

(4)純文學現代路線與大眾文學現代路線之爭。

(5)純文學寫實路線與大眾文學現代路線之爭。

(6)純文學現代路線與大眾文學寫實路線之爭。

將來如此多端的爭執與混亂，雖然可以證明臺灣文學所含括的多元而豐富的局面，但此一可能趨勢如未能及早澄清，則其雜然並存，可以預見將在九〇年代摧毀部分缺乏慧心與定力的作家，也將使臺灣文學的統合更形困難。

但假使大眾文學與純文學的分立正如預期，而文學創作的寫實路線與現代路線也能獲致統合，題材與技巧、人生與藝術的合一成爲文學創作者的共識，則這種分立與統合的相互連動，將可促使文學創作的兩大層面——純文學與大眾文學——分頭並進，相互競爭，則原來可能相左的這六組對立，可能簡化爲：

(1)純文學與大眾文學的相對。

(2)介於純文學與大眾文學之間之「中間文學」的出現。

(3)純文學、大眾文學與中間文學的相消相長。

而那時或許才是臺灣文學底於大成的鼎立之日吧！

對編者而言，如此的推演當然只是一種期望，這些新世代作家自有他們自己要走的、長遠的文學旅途。我珍惜本卷卅一位有潛力、有實力的作家，他們參展的作品，有絕大部分原刊於「自立副刊」「新世代小說展」（一九八二年十二月—八三年六月），小部分來自各報副刊，但同樣都展現了新世代作家對於臺灣這塊土地及其人民的所見所思，發揮了他們各自不同的創作才華與水準。他們精銳的作品，本身就洋溢著分立的異采，也預示著統合的可能。那麼，就讓我們直接進入作品，來分享這卅一顆新星各自閃耀的光芒，以及共同點亮的天空吧！

一九八五・八・十八・南松山

附注：

❶本文係拙編《新世代小說展》（上、下册）編選序（一九八六年臺北希代版）。

❷關於大眾文學的定義，有必要作個交代。據編者爲林崇漢推理小說集《收藏家的情人》所寫序言〈推之，理之，定位之〉一文：

大眾文學是①以大眾化為目標，②以當代社會大眾關心、與趣的題材為內容，③運用創作者多層面的人生知識，④透過大眾傳播媒體的推介，⑤以吸引讀者娛樂為手段，⑥達到作者與讀者共同思考人類命運為目的的一種文學。

此一定義臚列六種條件，多半（特別是①～⑤）是大眾文學所必須具備，也可藉以分辨大眾文學與純文學的異同。（易言之，就純文學創作來說，①～⑥均非必要，可有可無，即使完全將之排除，也依然可以成立。大眾文學則否。）

卷肆

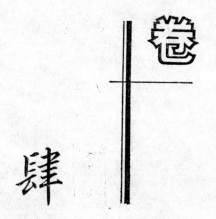

橫成嶺，側成峯

《臺灣・在轉捩點上》導讀

一

一九八五年，對臺灣來說，雖然算不上值得紀念，卻是一個值得注意的年份。最顯而易見的，這一年剛巧是臺灣脫離前此殖民統治的第四十週年。古人以三十年爲一世，十年爲一代，經過一世一代的奮鬪與努力，臺灣在戰後四十年間成功了什麼？失敗了什麼？走出什麼腳步？迷失過哪些關鍵？……都已經有了初步的顯影。回顧四十年間這塊土地、以及她的人民做出多少成績、流過多少血汗，也到了應該統合評比的時刻。

特別是在這一年內，經濟方面因年初十信案的波及，有急遽疲軟的現象；政治方面，在黨內外的競爭與互動中，有多元而混亂、對立於兩極的趨勢；社會方面，源於對經濟與政治所萌生的信心危機，使得暴力搶刼與色情頹廢的風氣突然高升；相對地，文化方面的建樹，乃就更顯得軟弱無力，此點由龍應台的社會批評獲得的不是反省，而是反擊，可爲明證。政治、經濟、社會、文化四個層面的抑壓難振，顯示出臺灣經過四十年來的長途跋涉，已經來到分水嶺上。過去奮鬪的成果即使値得眷戀，但如不加以成功地轉型，也有一旦腐壞的可能；而展望未來，仍然歧路多艱，如何掌握機會，預爲綢繆，更需要當機立斷，付諸實行。

換句話說，在臺灣追求現代化的四十年過程後，一九八五年政經社會文化的動盪，無疑也在提醒我們，停下來思考：我們處身在怎樣的社會變遷中？我們需要怎樣的生活方式——尤其是，把臺灣放到整個世界未來的格局中去思考：我們如何掌握？用何種態度？藉何種方式？以便在將來高度科技化的時空中，求得最適合臺灣的現代化？簡而言之，也就是追求一個最適合我們的理想生活。

從個別來看，理想上，我們需要經濟發展、政治民主、社會公正、文化傳承的生活，這四者都是衡量現代化的重要指標，缺一而不可；從整體來看，也只有這四者都平衡穩固，才可能把臺灣現代化的整個結構支撐起來。當臺灣的政治、經濟、社會、文化的四大結構都達到了「橫看成嶺側成峯」的階段，而後我們才可以自傲地說：「我們現代化了！」而後我們的土地才可能厚生，我們的人民才可能樂利！

一九八五年冬天，在美國愛荷華大學「國際寫作計畫」的邀訪中，整整三個月的時間，我最常思考的，大半是這個問題。

二

也在一九八五年冬天，「自立副刊」於十月、十二月分別推出了「臺灣・在轉捩點上」與「臺灣・奔向未來」兩大專輯。以一九八五年爲界碑，向前，回顧了一九四五年以後四十年間臺灣文化的既成傳承；向後，前瞻至二〇〇一年臺灣社會的可能演變——兩個專輯似乎想象徵性地把文化與社會的關係表現出來。

就前者的回顧來說，如今收入於本書中的五篇文論，分別觸及文獻整理、文學藝術、民俗歌謠等傳承性文化層面的運作，特別又集中於知識與美學之上。以報刊篇幅的限制，要周延而全面地回顧文化的諸子目，既不可能也不容許。但即使只觀察這四十年來臺灣部分文化的演變，我們也不難發現，臺灣的文化發展，仍然受限於既有的政經環境。

順手拈來，五篇文論幾乎都不約而同地感嘆「時衰世亂，求生圖存且不易，很難顧到學術的發展……有心從事實徵研究的，則苦於世局動盪、圖書無存而鮮有成就」（尹章義〈四十年來的臺灣史研究〉）、「臺灣的大學及研究機構都忽略了臺灣現代文學的存在，以至於資料散佚，無人予以研究，造成玉石俱焚的尷尬場面」（葉石濤〈臺灣文學的回顧與前瞻〉）、「光復後的美術運動的歷史，已逐漸淪入荒煙蔓草之間」（林惺嶽〈美術風雲四十年〉）、「臺灣歌謠雖經幾回困獸之鬪，力爭上游，但始終欲振乏力，難以恢復往昔盛況，總被視爲從屬地位的次等文化」（簡上仁〈臺灣歌謠的回顧與展望〉），即使是最基層的民俗文化也「不是被壓抑，便是遭漠視……又因歐美強勢文化入侵……終造成今天傳統民俗沒落、戲曲變質的慘狀」（劉還月〈略論臺灣民俗戲曲的變遷與展望〉）。

光從作者使用的字眼，諸如「玉石俱焚」、「荒煙蔓草」、「困獸之鬪」，已足夠我們覩之心驚，不忍回顧！從來做爲社會表徵的文化，在過去四十年的社會結構中，顯出如此「慘狀」，是所有生活在這塊土地上的人不能不反省的——是我們的社會結構，在四十年來的變遷中產生了問題？還是我們的文化工作者，在四十年來社會結構的變遷中不夠努力？或者是我們，身爲社會族羣中的一員，根本上只津津於經濟的發展，卻忽略了對於政治民主、社會公正與文化傳承的要求？

四十年來臺灣社會結構的主體在於經濟，已是多數學者的公論。蕭新煌在收於本書第二卷的〈結構轉變與社會力的重組〉文論中就指出：「『資本主義化』可以說是過去臺灣社會結構變遷的關鍵性大趨勢，這個趨勢的本身既是歷史的過程，也是造就一連串結構轉型的動力來源。」金耀基在他的文論〈中國現代化的動向〉（收於《中國現代化的歷程》，時報版）中也強調：「臺灣現代化的發展是以工業化爲基調的。我們認爲現代化基本上可以看作是環繞在工業化的主軸上所產生經濟與非經濟因素的互動過程。事實上，臺灣的經濟發展卽是依賴於非經濟因素，特別是政治權威的推動。而最近幾年以來，則顯然經濟領域的力量已日益取得自主性，而影響非經濟領域，且成爲社會主導性的結構。」

這是歷史的事實，也是導致社會文化衰竭、沒落的關鍵——問題是，忽略了政治、社會、文化等三個結構的合理、公正與厚實，這樣一種經濟掛帥的整體社會必然百弊叢生、脆弱而不堪一擊。經濟上的發展，假若沒有政治民主、社會公道與文化傳承來互相支持，卽使外表金碧輝煌，內裏卻已膿臭四溢。

也許有鑒於這種趨勢已使整個社會產生危機，一九八五年末我從美國回到臺灣時，到處都播放著「明天會更好」的羣星之歌。的確，所有生活在臺灣這塊土地上的人都眞心希望臺灣會更好；然則，面對卽將來到的二〇〇一年，假若我們不從現在起趕緊努力，抱著「明天要更好」的決心，徹底改善政治、社會、文化的結構，使它們更加活潑、健全，以平衡經濟結構的獨大的話，臺灣眞的「會」更好嗎？

三

回顧過往四十年，我們不能不憂心忡忡；瞻望未來十六年，我們更不能不急起而行。

本書第二卷「臺灣・奔向未來」收文論七篇，雖然大抵偏向於未來社會演變的層面，卻也補強了前一系列偏重於文化演變的缺失。換言之，前一系列提出的文化上的「慘狀」的「果」，在本系列中，因著前瞻必需的回顧而點出了「因」。同時也由於執筆者以其學有所長分析、預測，即將奔來的二十一世紀臺灣的社會形貌才更有清晰彰然的逼近感，這對我們思考臺灣的未來，以作適應之道，的確大有助益。

這七篇文論分別蠡測了未來臺灣在經濟、科技、人口、環境、家庭、文化與社會結構上可能產生的型格。觸探的主題誠如蕭新煌在他的文論一開頭所說，都是「讓我們非常關切的問題」；而其分析蠡測的結果，大抵上也都指向政經社會文化四者相提相攜的互動趨勢，不偏於一是。

同樣藉引言的方式來看：科技的演變「到二十一世紀初期……公共政策的擬訂勢必要考慮採行羣體參與的型態，不僅科技政策需要法律、經濟、社會、政治等精英的參與，其他非科技政策亦必然亟需科技人才意見的介入」（丁錫鏞〈袖裏乾坤話科技〉）；在經濟發展上

「不但必須突破技術和市場的瓶頸……也要全面檢討並修建我國的政治和法律制度。」（朱雲鵬〈通往已開發國家的艱苦路徑〉）；在環境問題的改良上，由於「問題的本身卽已涉及倫理、社會、經濟、政治、美學藝術、文化、科技等不同層面的問題……只依賴技術方法來解決是不可行的，實際上應有各個階層面的配合。」（張長義〈寶島大地的巨變〉）；在人口問題的傾向上，「未來的老年退休人口之生活（社會），家庭倫理關係之維繫（文化），及勞動力價格（經濟）均會受到相當的影響，值得我們……設法調整相關的政策措施（政治），以免引發比人口成長更爲嚴重的問題。」（陳寶政〈臺灣地區人口年齡組成的變遷〉、胡台麗〈親密的陌生人〉也用寓言體的寫法指出了類似的情況）；在文化的趨向上，「未來的文化，必定會在社會化與商業化兩股力量不斷折衝之下，隨時調適，方能夠平衡發展。」另外，「尋求意識的開放，對於國家民族的文化命脈來說，利多弊少。」（蔡源煌〈臺灣未來文化展望〉）；而針對社會結構的特性，蕭新煌在他具有總結本系列性質的〈結構轉變與社會力的重組〉的結語中，則特別強調：

如果決策中心在今後能有更高的人文取向和較低的支配性格對式微的小農階級多給些關切和協助；對性格浮動的勞工階級多給予容忍和自由；對有意在穩定

中求發展求進步的中產階級多給予改革的管道以及更明確的前途及方向，那麼本文所探索的三個階級將可以在二〇〇一年的臺灣社會扮演提供社會穩定，帶動多元化，促進社會進步的三大歷史角色。

由此可見，臺灣的明天如果要更好，絕不能光「唱」不練——本系列每篇文論所指出有待解決的問題繁複多端，歸結起來看，則不外是政治、經濟、社會、文化四大結構的平衡進展及其相互提攜。從側的層面上說，這四大結構有如四座山峯，必須峯峯相比，各競所長；從橫的聯結上看，這四座山峯，也必須峯峯相聯，成爲一座具有凝聚力的大嶺——也只有在這種「橫看成嶺側成峯」的整體結構中，展望未來，才是有希望的；否則，就算不斷在經濟結構上大開大闔，一切也將是徒勞無功，甚且可能爲這塊土地及其人民帶來永刼不復的噩運！

四

透過本書對一九四五年之後臺灣發展的回顧、以及對卽將來臨的二〇〇一年臺灣面貌的展望，我們委實不能不感到悲觀——四十年過去而依舊未能建立起良好結構的臺灣，可能在只剩下的二十多年時光中，迅速而紮實地改變結構，來迎接二十一世紀理想的生活型態、或創造一個精緻平衡的生活文化嗎？

這種悲觀，很可能成爲事實——到了二十一世紀，依然會有報紙天眞地希望臺灣走向未來、有學者專家認眞地思考臺灣的前途、有讀者純眞地期待臺灣的明天會更好；不同的是，那時回顧的時間不是四十年，而是六、七十年，前瞻的未來恐怕要訂到二十二世紀去了！

這種悲觀，當然也有可能很快地就被證明是一種杞人憂天——讓我們一起來把這種「失敗主義」的悲觀論調打倒吧！不過，在打倒這種悲觀論調以前，我們，所有愛護這塊土地，關心自己以及子孫未來前途的人，無論在朝在野，都得靜下心來，站在臺灣的轉捩點上，分頭而立卽地從政治、經濟、社會、文化的四個層面貢獻所長，認眞研究，徹底改革才行。

前已見古人，後將見來者，臺灣，正在興廢繼絕的轉捩點上。

而能夠也願意轉捩這個轉捩點的，除了你還有誰？

一九八六・三・十七・風雨南松山

一九八六・四・二十八・《自立晚報》副刊

語格・字格・文化格

洪惟仁《臺灣禮俗語典》的文化企圖

一

一九二九年臺灣名儒連雅堂連續在《臺灣民報》十一月廿四日二八八期發表〈臺語整理之頭緒〉，十二月一日二八九期發表〈臺語整理之責任〉（後均收入《臺灣語典》為序），慨乎言之：

> 余臺灣人也，能操臺灣之語而不能書臺語之字，且不能明臺語之義，余深自愧。……余以治事之暇，細為研求，乃知臺灣之語，高尚優雅，有非庸俗之所能知，且有出於周秦之際，又非今日儒者之所能明……臺語之源遠流長，寧不

足以自誇乎？余既尋其頭緒，欲為整理，而事有難者，何也？……非明六書之轉註、假借，則不能知其義，其難一也！……非明古韻之轉變，則不能讀其音，其難二也！……非明方言之傳播，則不能指其字，其難三也！然而余臺灣人也，雖知其難，而未敢以為難……余懼夫臺灣之語，日就消滅，民族精神因之萎靡，則余之責乃婁大矣。

——引〈頭緒〉

即使時隔將近六十年，今天重看這篇短文依然擲地有聲。連雅堂不僅寫出了大多數臺灣人的情結，也肯定了「臺灣之語」的語格、字格和文化格。特別是從文化的傳承上來看，在連雅堂之前，臺語研究、整理的成績，率爲日人著作，以有所俾益於殖民者統治的字典、會話爲主，舉其犖犖大者，如杉房之助《日臺新辭典》（一九〇三）、臺灣總督府《日臺大辭典》（一九〇六）、同上《日臺小辭典》（一九〇七）等，雖然蒐羅已求其詳，但考證則付闕如，只是把臺語當成符號系統，無意考稽其形成與語源，此是統治者的必然，無法深責。

但是對「余臺灣人也」的我們而言，連雅堂在五十多年前即抱有民族精神、文化傳承的心胸和遠見，試圖賦予臺灣話以時間的延續與空間的定位，則尤其值得加以肯定。

語言，從與人溝通上來說，不過只是一個工具，初則求懂，終則求解；但如從文化背景來看，卻象徵了一個文化體系的虛實與強弱。語言的生機，有賴於文字的發皇；而文字的發皇，又有賴於文化的富實。相對地說：文化欲求富實，必賴於文字的發皇；文字欲求發皇，必賴於語言的生機，而其終極，誠如連雅堂在《臺灣語典》結集後，於《三六九小報》發表〈雅言〉（一九三二年一月三日一四二期起連載）所述：

> 凡一民族之生存，必有其獨立之文化，而語言、文字、藝術、風俗，則文化之要素，是故文化而在，則民族之精神不泯，且有發揚光大之日，此徵之歷史而不可易者也。

簡而言之，做爲文化表徵之一的語言，必須確定基本的語格，從而統一其字格，最終則豐富其文化格，於是乃可能燦然大備，成爲文化的重要結構、民族的精神象徵。

二

自連雅堂之後，近六十年來，臺語的研究、整理工作，雖有專家學者之投入與堅持，但無庸諱言，這條路途不管在日治時代或戰後，都顯得荊棘遍佈，坎坷異常、寂寞無限。根據臺語研究學者吳守禮教授自述（〈閩南語史研究的回憶〉，國語日報《書和人》四七七、八期，一九八三年十月一日、十五日），戰前：

臺灣被日本人佔據的期間，下令廢止漢文教育，閩南語也成了日本人所禁止的語言。我雖然努力研究閩南語，也無法挽回頽勢。

戰後，雖然「得有機會，配合政府推行國語政策，盡了一丁點兒縣薄之力」，但是：

我國的大學教育只注重「文學」，却輕視「語學」。目前臺灣有十五個大學設有「中國文學系」或「國文學系」，却沒有一個大學設有「中國語言學系」或「國語學系」。因此，無用「語」之地。這是天數。

再加上臺語研究著述在臺灣讀書市場上的有限銷路，一般學者即使窮經皓首，也很難獲得應有的回饋，枵腹研究的成果，往往付梓無處：

我完成的著作，有些原稿讓朋友拿去影印外銷，有些由我自己請人刻鋼板油印。……不過流傳不多就是了。

這種慘狀，根柢上顯現了戰後四十年來，臺灣人對自己母語文化的漠視，也使得臺語之整理研究愈加偪促。語學研究未能進入學院，則傳承無人；未能獲得同胞讀者的重視（注意引文內「外銷」兩字，何其反諷而令我們羞愧），則普及乏力，更不用說語格的建立、字格的統一、文化格的形成了。

但卽使在這種坎坷寂寞中，四十年來依然有值得我們尊敬的學者專家堅持其上，不斷前行。前述吳守禮教授正是此中耆老，他已完成巨著《綜合閩南方言基本字典》，另如目前執教於美國夏威夷大學的鄭良偉教授、去年去世於東京的王育德教授，以及在臺灣本土獨力研究的許成章先生、陳冠學先生、洪惟仁先生，都是不計酬報、默默爲整建臺灣文化而卓有貢獻的前行者。假若不是他們分頭從語學的諸種層面上去汰擇整理、追根溯源，來爲臺灣話尋求定位，做出成績，我們眞不敢想像，六十年前連雅堂所擔憂的「臺灣之語，日就消滅」勢必成爲讖語。臺語不亡於日本人之手，而亡於八〇年代一千九百萬臺灣人之手，那將不僅是所有使用此一母語的臺灣人的罪孽，也必將是整個臺灣文化毀滅的喪鐘。

特別是在外國有日本天理大學編纂《現代閩南語辭典》(一九八一)、在大陸有厦門大學編纂《普通話閩南方言辭典》(一九八二)的今天，我們更有必要三復前引連雅堂之言，對臺語之整理與研究加以贊襄，對所有從事臺語之整理與研究的學者專家給予回饋，對重建臺語的工作及其未來付出我們的關切！

三

洪惟仁的這本著作《臺灣禮俗語典》，即是輓近臺語整理與研究上值得我們注意的一本。據其〈自序〉：

這部《臺灣禮俗語典》廣泛蒐集臺灣鶴佬社會，由出生、成人、結婚、祝壽到喪葬的所有禮俗用語，……不分古今、不分漳泉，……不但是臺灣第一部禮俗語典，並且是中國第一部有生命的可以閱讀的字典。

在體例上，以特定的範圍(從「人之初」到「培墓、卻骨」)做廣泛深入的彙集與整理，正是這本書異於百年來所有臺語著述的特點之一。它有點相近於連雅堂《臺灣語典》的性質，都是從語格的建立著手，試圖賦予字格的統一，形成臺語的文化格；不同的是「連典」隨手摭取，較偏重於「字格」上「高尚優雅」的舉證，而「洪典」則專注一隅，重於從「語格」的縱經橫緯加以申述，較爲專精而周延。

洪惟仁編纂此書，是有自覺的，從他收於書中的導言〈一部可以閱讀的臺灣文化語典〉來看，他對於此書的功能，顯然也頗爲自負：

> 讀者翻開這本《語典》，不但知道臺灣禮俗的名稱，並且知道各個名稱在整個禮俗之中的意義。不但知道意義，還知道在參與禮俗儀式之時應該說什麼話。所以他不止具有「地圖」的功能，簡直是「臺灣禮俗學大綱」了。

語源範疇的確定，使本書在語格的建立之外，兼有民俗文化學的功能，這也可說是相對於語學研究權威化的一種轉變，「對一般讀者更具可讀性」的大衆化，應該是洪惟仁此書的特色之一吧。

因此，在禮俗的界定下，洪惟仁透過「人」的降生、成長至死亡的縱經，在橫緯上鋪陳了人與家庭、社會的關連；並藉著此一座標，掃描其上從古至今常用的臺灣語彙，加以語源考訂，體例完整，功能多重，不僅可以藉著常人詳知的生活事務，來溫臺語之故、知臺語之新，也讓瀕於滅絕的老臺語有了復活的生機。這些臺灣語彙組成了一個生態系，相互影響、互相印證、互生互存，即使是不懂臺語的人來讀，只要突破一篇，便能貫串首尾，興味盎然地了解臺語語系的背景與特色。這是洪著的特色之二。

從而，也緣於此一臺語生態系的規劃，洪惟仁所企圖建立的語格，乃就落實了下來。隨手舉首篇〈人之初「有身」〉來看，本篇計收臺語字詞彙八十、歌謠一、俚諺一，全數環繞在「有身」的相關用語之上，另有「字解」八，就臺語的漢字源詳爲考證——此一注解方式，使得每一字、每一語都產生了相互間的連動，語言也就在此一連動及其運用之中，不再只是枯乾的符號，而因爲足以顯印之、浮凸之的背景，獲得了豐富的生命。

單篇如此，篇與篇之間也貫串相連，如〈人之初〉計三篇，由「有身」而「生囝」到「剸臍」；婚俗從「娶某」、「娶新婦」、「嫁翁」的說明；而婚嫁過程的依序臚列解說，均鉅細靡遺，不止符合著者原意「可以閱讀」，也證明了著者力求臺語語格的建立已有雛形。這是洪著與其他臺語專書不同的特色之三。

臺語記述文字化的問題，顯然也困擾著洪惟仁。臺灣話經過久年演變，隨著社會文化的改易、長年邊陲遠隔，已超出一般漢字系統所能表達的範圍，於是「有聲無字」之語詞漸多，如何解決記述上的問題，一直也是所有臺語研究者努力的目標。洪著主張「漢字、拼音雜用」，爲了配合漢字書寫體式，進而主張拼音採改良「朝鮮諺文」（本書仍未實行），可能仍有待討論。至於漢字選用，洪氏亦有「別裁」，他的選用原則有六，一、尊重俗字，二、俗字不可用的用正字，三、無正字用準正字，四、連準正字都找不到，斟酌採用同源字，五、連同源字都找不到，只好假借同音字，六、無字可借，從俗採用義借字。此一原則順序的確立，使洪著的漢字系統不致前後不一致，不過也產生了一些問題，如「一人」洪氏主用「蜀儂」，恐怕不易在「大眾化」的目標上獲得成效。此爲有待討論者二。

四

但整個看起來，洪惟仁這本《臺灣禮俗語典》的確開前人所未有，一方面他替臺灣話的語格建立鮮明的形象，一方面也使臺語在目前式微衰竭的情況下有了復甦的希望，發揮出了著者心願「走入民眾去」的功能。

尤其異於一般工具性的辭書，以及研究式的論文，《臺灣禮俗語典》也擺脫了從來語典字典的枯燥乾澀，以及論著的艱深晦苦之必然格局，在給予語詞語格、給予臺語漢字字格的雙重努力中，因著臺灣禮俗這一沃野的鋪陳，顯現出了臺語本身寬厚富實的文化格。它是一本語學研究，也是一本文化學的著作。

更理所當然的，洪惟仁在語學和文化學兩方面的著力，也使這本書具有引導讀者興味、重溫臺語、認識文化的功能，如果說它是一本老少咸宜、凡對臺灣文化有興趣的讀者都要一讀的入門讀物，想必也不是過譽之辭才是。

不過，洪惟仁不能以此爲滿足，以臺語的浩瀚深遠，《臺灣禮俗語典》所呈現的還是有限的一隅；洪惟仁應該以此爲基礎，繼續下去，爲我們編寫器物語典、動植物語典、生活語典……如果能因而促成《臺灣文化辭典》的完成，那不僅將是洪惟仁的榮耀，也會是臺灣這塊土地及其人民的一大福氣。

但願有一天，所有臺灣話的研究者不必再把他們用生命和血淚澆灌的研究結果，視爲「敲喪鐘」或「立墓碑」；但願有一天，在語格的建立、字格的統一與文化格的底於大成下，臺灣話能在整個世界的眾多語系中展現她富實而迷人的魅力。

一九八六·八·八·南松山

一九八六·八·二十五·《民眾日報》副刊

傳唱老調譜新聲

簡上仁《說唱臺灣民謠》的傳承意義

近十年來，在臺灣的文化界中，「簡上仁」這個名字與「臺灣民謠」是分不開的。提到簡上仁，我們自然就會聯想到他所一直努力整編的臺灣民謠；說到臺灣民謠，我們也很難忘掉這麼一個執著於爲臺灣民謠傳唱老調、譜作新聲的簡上仁。

一九四七年在嘉義鄉村長大的簡上仁，其實也跟文化界其他新世代的藝文工作者一樣，不是一開頭就走進本土文化的廣場。他從初二起，靠著一把吉他，接觸西洋流行音樂；高中時，用吉他當成民謠合唱團的主奏樂器；上了大學後，他又組織了吉他熱門音樂合唱團——在六〇年代瀰漫臺灣的西化風潮中，他與其他的新世代一樣，也曾在歐風美雨裏流浪、瘋狂，而茫然未覺於自己腳下那塊沉默的土地。

但這種迷失喪亂，畢竟只是短暫的癡迷，踏入社會後，簡上仁在臺灣的政、經、社會結構的轉變中，很快有了自覺，他也與其他層面的藝文工作者一樣，不約而同地找到了創作生命的根源。對於愛好音樂的簡上仁來說，臺灣，這個生他育他的土地；臺灣民謠，這個業已殘敗不堪的園圃，才是他反哺回饋的終生的戀人。

於是簡上仁開始了本土音樂的漫長旅途，從整理臺灣的民俗歌謠開始，他一步一步追索先民的悲喜旋律，要拾回曾經在臺灣的舞臺上活躍，而今被後代子孫棄置一隅的聲音。他從流傳於各地的一般歌謠、從戲曲說唱、民間唸謠、乃至兒歌、宗教歌謠中，去集合整編，找出臺灣民謠質樸剛健的本質，透過著作、演講與演唱，力圖扭轉今日臺灣流行歌謠的庸俗濫情；而為了重建臺灣民謠的風格，他也從當代詩人的作品中吸收養分，加以譜曲，同樣透過他的著作、演講與演唱，嘗試走出臺灣新民歌的道路。

光是整編老調、創造新聲，簡上仁這一路走下來，居然十年了。十年來，簡上仁默默地付出、敬謹地工作，他忍受大眾消費市場的冷落，堅持而卓絕地讓自己「寂寞」在臺灣民謠的園圃中，他播種了，他灌溉了，他流血流汗，甚至都快流淚了，而站在臺灣這塊土地上的人們似乎仍無動於衷──電視電臺繼續「限量」地傾銷東洋贋品的委靡之音、唱片市場繼續流動著「迌迌人」的無奈悲歌──一個有識見、有愛心、有能力的工作者耕耘十年，而「收穫」如此，大概也是這個到處都是臺灣人的社會對簡上仁（乃至於其他同樣有良知的藝文工作者）慣有的冷酷的打擊吧！

但簡上仁沒有被擊倒，臺灣新起的一代也不會被擊倒。這十年來，他繼續不斷地工作著。面對冷漠，他付出更多的熱情。這十年來，簡上仁爲我們整編了不少老歌，譜作了不少新曲。一個人努力不夠，他集結更多人組成「田園樂府」，臺灣南北巡廻演唱；一張唱片不夠，他推出更多的新作，來喚醒樂觀、奮起的心靈；發展通俗民歌不夠，他呼籲發展臺灣藝術歌曲，來確立臺灣音樂的定位與風格；這些都還不夠，他又拿起筆來詮釋臺灣民謠的發展、特質與精神，藉以彰顯民族文化傳承的歷史意義。

《說唱臺灣民謠》便是簡上仁這種努力的具體呈現，也是這十年來他在「傳唱老調譜新聲」這條寂寞旅途上的血汗結晶。而更重要的是，其中洋溢著的質樸堅毅樂觀進取的精神，在說說唱唱之間，更展露了臺灣歷史發展的無限希望。光從這一點來看，簡上仁在振興臺灣民謠的貢獻上，已可稱得上功不唐捐了。

但願所有打開這本《說唱臺灣民謠》的人，也一起來打開我們久已閉鎖的心內的門窗，在簡上仁的引導下，我們吟誦老調、聆聽新聲，共同來豐裕臺灣民謠的內涵，開拓臺灣的未來。

當然，我們也不能忘了給簡上仁更多的鼓勵與掌聲，我們替簡上仁加油，就是替臺灣民謠的新紀元打氣。

一九八七・七・九・《民眾日報》副刊

臺灣風土的刻繪者

立石鐵臣及其「臺灣民俗圖繪」

一

一九四一（昭和十六）年七月，一本以「愛護紀念物……努力留下其完整紀錄」（見創刊號〈卷頭語〉）為發刊宗旨的雜誌《民俗臺灣》，在烽火連綿的戰火中，創刊於日治下的臺北。

這本被譽為為臺灣民俗工作「建立一個里程碑」（王詩琅語）、「培植了臺灣人民俗愛好者」（張良澤語）的專業雜誌，掛名的發起人是岡田謙、須藤利一、金關丈夫、陳紹馨、黃得時、萬造寺龍等六人（見《民俗臺灣》二期〈發刊趣意書〉），而實際的工作者則為池田敏雄（主編）、立石鐵臣、松山虔三及金關丈夫等四人，可以說是純粹是由日本人編輯的刊物。

然而，與具有強烈優越感的「大日本主義者」不同。這一羣有良知、肯於正視當時臺灣這塊土地及其人民、生活的日本人，卻在其後戰火趨烈、不受政府歡迎的艱困情況下，支撐了三年又七個月，發刊四十三期，至一九四五年一月二次大戰末期，方始停刊；並提供園地給予無數的本土撰稿者，如吳新榮、王瑞成、吳槐、朱鋒、連溫卿、陳紹馨、黃鳳姿、黃連發、楊雲萍、廖漢臣、戴炎輝、吳尊賢、黃啓瑞、陳逢源、曹永和、張文環、楊逵、顏水龍、郭水潭……等，除了提供傾訴心聲的園地，更整建了臺灣的底層文化。

這樣的一本雜誌當然會得到各界的矚目。創刊號一推出，立刻不同凡響。首先是臺灣總督府情報部保安課後藤課長的指責，他認爲《民俗臺灣》會「掀起臺人的鄉愁Nostalgia」，與皇民化有所牴觸；卻也相對地，「本誌的回響意外地大，近自島內各地，甚至遠從內地（日本）、滿洲國、中華民國而來」（第二期編輯後記）——而總計四十三期累積的業績，無論是在節俗、民藝、謠諺、傳說、歲時、食俗、語言、古蹟，乃至於舊慣習俗的整理與研究、專題的設計，都十分廣延而深入。可以說，《民俗臺灣》的編輯設計及其內容策劃，都在臺灣的雜誌史上寫下了劃時代的一頁，同時也爲臺灣文化的整建鋪下了最厚實的基礎。

二

立石鐵臣，卽是推動《民俗臺灣》的重要功臣之一。從創刊號起，他卽參與編務，並自該期推出膾炙人口的「臺灣民俗圖繪」，迄廿九期止計四十五幅；從第二期開始，他又負責封面版畫及版本裝幀，至四十三期終刊止，計刻了三十四幅民俗圖繪封面，另又發表了隨筆短論十一篇；更自三十七期（因原主編池田入伍）實際負責編務，至三十九期編輯中入伍，計編了三期。由這些數據來看，說立石鐵臣是《民俗臺灣》的靈魂人物，亦不爲過。

而在立石鐵臣對《民俗臺灣》的奉獻中，又以「臺灣民俗圖繪」的推出（含內頁及封面）爲其最大貢獻——「民俗圖繪」自創刊後卽成爲《民俗臺灣》最叫座的專欄，也成爲這本專業雜誌的版面特色；甚至在四十年後，當我們重新翻閱泛黃的雜誌時，仍能從立石鐵臣的刀痕中感受到不被時間所磨滅的光澤。這些圖繪，從打棉被、亭仔腳的小攤、路邊攤、香燭店，到花園建築、草木器物，乃至於原住民的生活樣貌，無不漾溢出日治下臺灣人的素樸風貌，也無不顯印了臺灣文化的可貴形象。

不過，立石鐵臣及其「臺灣民俗圖繪」開始受到應有的重視，還是輓近的事。一九八〇年三月，《雄獅美術》推出「立石鐵臣專輯」，首次肯定了立石鐵臣及其版畫對於臺灣風土

「留下了當年生活可貴的記錄」的貢獻（李賢文〈寫在立石鐵臣特輯之前〉），並以廿四頁的篇幅刊載部分「民俗圖繪」、立石鐵臣自撰〈我的創作軌跡〉以及〈談油彩細密畫的創作〉。此一專輯，可以說是第一次，也是最周詳的一次，肯定了立石鐵臣及其圖繪對於臺灣的貢獻。

在此之前，見於文獻雜誌或耆老筆下的立石鐵臣，大抵只是做爲《民俗臺灣》內容上的舉例，基本上把他看做是《民俗臺灣》的編輯人之一、把「臺灣民俗圖繪」看做是該刊的叫座專欄之一，如是而已。《雄獅美術》則從繪畫的角度，撇開《民俗臺灣》的陰影，浮凸出了立石鐵臣應有的地位。

三

《雄獅美術》發行人李賢文（他大概是戰後臺灣文化界唯一與立石鐵臣做過接觸的人吧）〈寫在立石鐵臣特輯之前〉的一段話值得覆述，也有助於我們對立石鐵臣的了解：

去年（一九七九）筆者經由文壇前輩王詩琅先生介紹，認識了《民俗臺灣》的編輯池田敏雄，提及立石鐵臣是他的好友。九月我至東京時，即由池田敏雄的協助，拜訪了立石先生。

立石鐵臣今年已經七十六歲了。住在東京郊區，對於筆者的來訪異常興奮。他常說臺灣是他的第二個故鄉，事實上，他可算是半個臺灣人。他於一九〇五年出生於臺北，他的父親初為臺灣總督府官吏，後任新設的臺灣瓦斯株式會社董事，七歲隨家人返日，直到二十八歲，再度來到臺灣，舉行個展。以後經常往來臺灣寫生、展覽。三十五歲，來臺任職帝國大學理農學部，以後陸續任職三省堂、並參與金關丈夫等《民俗臺灣》編輯工作。一九四六年日本戰敗後，被我國政府留用，擔任臺大文學院史學系講師直到一九四八年才回日定居東京。

把臺灣視爲「第二個故鄉」，「可算是半個臺灣人」的立石鐵臣，在〈我的創作軌跡〉（見特輯之二）中也自述，卽使在回日定居，經過十數年後，他依然：

> 連出門時，也好像置身於瀰漫著光的臺灣山河，或漫步於唱陳三五娘、拉胡琴的巷路。……在我繪畫生活的歷程裏，在新背負的畫囊的底面，仍屬難以捨去的貴重「收藏」，也與臺灣有著深切的因緣。

誠然，一九〇五年出生於臺北的立石鐵臣，「小學一年級時離開」「在我腦海裏，仍是個不可分離的夢中之島」的臺灣；到了「一九三三年一月至三月」第一次重回臺灣「在臺北作畫」，而結下了「我的繪畫與臺灣之緣」；「一九三四年七月至一九三六年三月」第二次來臺，「也是以臺灣爲畫題，成爲我戰前最充實的製作時期。我當時也參加臺展，並屬於臺陽美術協會成立時的一員」；第三次來臺是一九三九年，「在臺時間以此次爲最長，連戰後都給繼續留用下來」，直到一九四八年回日本。（本段與下段「」中均引自〈立石自述〉）

總計立石鐵臣在臺居留期間長達十七年之久，他的童年（一—六歲）與壯年（廿八—四三歲）均在臺灣度過，他因繪畫與臺灣結緣，也因「對臺灣難以阻遏的思慕」決定了他的繪畫生命。一九五〇年秋天，他在東京舉行戰後初次個展，以得自於一九四四年夏（主編《民俗臺灣》三十八期出刊爲八月）入伍駐紮花蓮的「空虛日子」爲靈感，做爲試圖「擺脫戰前工作的第一步」；但直到「此次個展的十五年後（一九六五），又以『追憶之島』爲題開了一次個展，作品都屬描寫臺灣風物的素描、淡彩」——由此可見他的生命與臺灣已經強靱地結合在一起，固不獨繪畫爲然了。

四

從對立石鐵臣有限的認識，再回過頭來面對他在戰前，以自己生命中最寶貴的時光所繪下的「臺灣民俗圖繪」，透過他浸濡著至愛眞情的刀痕筆觸，我們委實不能不感激有這樣一個關心臺灣的土地、人民與生活的異國畫家，他突破了日本殖民政治的框框，眞切地從作品中流露出了對於殖民統治下臺灣人的關懷與友誼。

這種關切，表露在一九三四年他第二次來臺短暫居留的半年中——他是當年十一月十日在臺北創辦「臺陽美術協會」八位同仁中唯一的日籍畫家（臺籍畫家有廖繼春、陳清汾、顏水龍、李梅樹、楊三郎、李石樵、陳澄波）；更落實在第三次九年居臺期間，參與《民俗臺灣》編務時所繪的「臺灣民俗圖繪」之中。

的確，卽使時隔四十年，今天我們翻看立石鐵臣的這些圖繪，固然佩服他的線條、構圖，更敬惜的卻是他爲我們留下了臺灣的眞實影像——這些影像，或者表現於麵攤上食客的坐姿、小巷裏拉胡琴的「抽籤仔」、亭仔腳揀茶的婦孺、廣場上「老歲仔」的冬姿，或者表現於黃牛、人力車、磚瓦廠，或者表現於大南社、關廟庄，以至於原住民的織物、火藥箱、杵與臼……，它們既象徵而又普遍地涵蓋了日治下臺灣人民的生活層面，不只爲研究臺灣民俗的人留下可貴的紀錄，也爲臺灣的美術工作者樹立了一個值得效法的榜樣——藝術，也許在技巧上應該不斷翻新，但萬變不離其宗的，是我們所站立的土地、共存的人民、處身的生活。這一點，不因人種、國籍而有所不同。

不過，最適度的定位，還是要回到民俗，不光是紀錄，而是文化的層面上。《民俗臺灣》的發起人之一、立石鐵臣的同仁、民俗學家岡田謙在《民俗臺灣》創刊號時發表〈關於民俗〉一文指出：

鄉土文化固然不像新的文化一樣，伴隨著刺激性的魅力，可是在它的實質上，却還是對人們具有一種深沉而强勁的吸引力。每一個人直覺上都把鄉土文化認為是高度文化的胚胎。當人們埋頭於新文明的創造、或導入的同時，能够讓他們呼喚、依靠的，就是鄉土文化。民俗的本質，正隱然於其間，彰然而可見。

而這種「彰然而可見」的民俗的本質，正好可以徵之於立石鐵臣的「臺灣民俗圖繪」，在八〇年代我們汲汲於創造新文明的今天，重看立石圖繪四〇年代的臺灣鄉土，感覺到的確是「一種深沉而強勁的吸引力」，它們讓我們依靠、供我們呼喚，成爲我們培育屬於臺灣的高度文化的胚胎。立石鐵臣及其民俗圖繪給我們最大的觸動與意義，厥在於此！

五

對於立石鐵臣——一個日本籍的臺灣風物的刻繪者——我們能夠知道的僅止於此（最多也只是不確定地知道他已於一九八〇年去世）這是我們應該感到慚愧的。四十多年來，我們很少重視自己的先民在臺灣這塊土地上的血汗與淚水，當然更談不上給予雖屬殖民帝國人民，卻對臺灣作出貢獻的「人」的公平肯定了！

但是，對於立石鐵臣爲臺灣風土、文化刻繪下的「臺灣民俗圖繪」，對於這些洋溢著臺灣底層文化精髓的作品，我們絕對沒有理由視若無覩——它們忠實地反映出了日本治臺期間臺灣人的生活樣貌，反映出了被殖民地區及其人民的「區域文化」，值得我們一再借鑑、值得我們不斷省思、值得我們在決心邁向文化重建的路上做爲砥礪的界碑。而最根本、最落實的第一個反省是，不管在民俗、文學、藝術或任何一個文化的層面上——

誰來爲我們刻繪八〇年代的臺灣新風土？

一九八六・九・《臺灣新文化》創刊號

面對從前，創造今天

讀莊永明《臺灣歷史上的今天》

《臺灣歷史上的今天》絕大多數的篇章都曾在《自立晚報》副刊刊載，當時我是副刊主編，由於對永明兄在《中國時報》「臺灣第一」專欄的喜愛，因此特別約請他爲「自立副刊」寫個專欄，以臺灣歷史上可以記載、值得記載以及不能不記載的人與事做爲主軸，來提供給站在臺灣這塊土地上的讀者，了解臺灣的過去，了解臺灣歷史上有多少豪傑名士，多少英雄仁人。永明兄答應得很爽快，稿子也寫得很勤快——就這樣，「自立副刊」最受歡迎、連載最久的專欄「鄉土記事」在永明兄的不懈不怠中持續了三、四年之久。

從專欄「鄉土記事」到如今這兩冊《臺灣歷史上的今天》專書的推出，永明兄的努力的確功不唐捐。臺灣史三、四百年來備受忽視，其間雖有如連雅堂這樣的名儒努力爲「固無史也」的臺灣紀史，但史料散渙，糾集不易，僅能勉強寫成《臺灣通史》的芻貌；而四十多年來，臺灣史在臺灣這塊土地上「固無壇也」，研究臺灣史的學者寥寥可數，課本上不教、講壇上不講，連考試卷上都不准提，身爲住在臺灣的人而不知道臺灣歷史的，已不算是什麼慚愧的事了。在這種情況下，永明兄以業餘有限的時間，深入舊書肆、蒐尋古資料、探訪老賢達，逐年逐月、逐日逐條，印古證訛，而成爲臺灣殘缺歷史的補綴者，逝昔人事的探照者。他的恆心、他的毅力，他對這塊土地的愛，値得我們這些活在今日臺灣，對臺灣歷史卽使不矇住眼睛也還是看不見的「史盲」致以最高的敬意！

但也正因爲如此，我們更不能不感到羞愧。在臺灣生長的我們，套句臺灣史名言「頭頂臺灣天，腳踏臺灣地」的我們，對於臺灣史的了解又何其淺薄！我們百分之百地知道中華民國在一九一一年成立，不知道這之前十六年（一八九五年）臺灣民主國已在亞洲誕生；我們的文史學者可以大言不慚地談「五四文學運動下的臺灣文學」，卻無知於一九〇二年早有《臺灣文藝》的創刊；我們對一九八九年六月發生的北京大屠殺震驚而憤怒，對於一九四七年二月二十八日發生在臺灣的大屠殺卻矇上了眼睛、摀住了耳朵——我們把「歷史的傷口」送到北京天安門去，卻忘了在我們這塊土地上還殘留著沉痛的歷史傷口等著有著力點的我們用愛心來縫補！

永明兄的《臺灣歷史上的今天》提醒了我們的自私與怯懦，相對地也指出了歷史的存在與不可逃避。這兩册書中每個「從前」的「今天」，告訴了今天的我們從前的故事。從原住民到所有先後來臺的漢移民，他們的奮鬪、他們的血淚、他們的墾拓、他們的抗議與犧牲，所求的豈不是我們的今天嗎？而今天的我們，假使不能正確地去了解、認識這塊土地的從前，則我們這些不管什麼時候、什麼原因來到臺灣的人，又能創造出什麼天地來向下一代交代？

其次，永明兄以他的全付精力所做的這些史料工作，在我們這個忘掉臺灣、侈言胸懷中國、放眼世界的年代中出版，毋寧也是一面讓我們汗顏的鏡子——對大談「臺灣經驗」的執政當局來說，在有意地把臺灣史從「歷史」教科書上抹煞（連考試卷上也不許逸出）之餘，已使得他們的顏面顯得更形扭曲腫大；對那些滿懷正義，不斷提醒我們趙紫陽如何開明，三十八軍如何愛民，告訴我們北京發生大屠殺，這邊的學生在哀慟過後，反省臺灣問題就是「乖戾於人性，又背逆知識」的有勇氣的「老師」來說，這面鏡子可能又是一面「魔鏡」；但是對我們，對我們這些貧瘠於臺灣史，也希望正確認識自己的家族、家族的過去的人來說，這面鏡子卻是一面多麼貼近我們心靈，照出我們美麗的、醜陋的、快樂的、辛酸的往事的一面平凡的鏡子啊！

因此，凡是有心誠實的、踏實的、務實的住在臺灣這塊土地上的人，不管住一年也好、十年也好、世世代代住下來也好，都有必要了解我們先民所走過的從前，不妄自尊大、也無需妄自菲薄，用面對過去的態度來創造我們的今天，開啓子孫萬代的未來。而《臺灣歷史上的今天》便是我們正確認知自我的明鏡，便是我們打開歷史心結的鑰匙。要統一，你也得知道有什麼本錢談統一；要獨立，你也得了解有什麼條件獨立；而如果只是單純地希望臺灣民主、自由，土地四季如春，人民安和樂利，你更必須明白臺灣的過去澆灌了多少先人的血與淚！

搗住耳朶，也許可以不管什麼從前，
矇上眼睛，絶對創造不了任何今天，
更不用高唱什麼「歷史的傷口」了！

一九八九・七・二・《自立晚報》副刊

心象・新象・新相

陳朝寶「一九九一年創作」的解構觀

一

離開故鄉臺灣八年後，阿寶從巴黎回來了。他帶著全新的畫作、帶著他對東西方文化的新詮，回到臺灣這個大洋中的島國，在這塊曾經孕育他的鄉土上，我們的朋友阿寶，一個戰後出生的臺灣畫家，透過他的畫作，意欲提出他對中國傳統繪畫的反思與批判。

阿寶，是朋友們對陳朝寶的暱稱，也是臺灣鄉土對交心的朋友、可靠的朋友的「敬語」——這種稱謂可能「土裏土氣」，但土中含溫、土中見厚，所有自稱或被稱的「阿」字輩（如阿盛、阿錕、阿義、阿……等）都具有溫厚的共同特質，在被叫作「阿寶」的陳朝寶的作品及人格中，這種特質自然濃烈。

因此，陳朝寶的人固然木訥、寡言，陳朝寶的畫作流露出的則是溫厚、古樸。八年前在戒嚴年代中的臺灣，他就已經力圖突破當年中國水墨畫的僵斃牢籠，然則八年前這塊土地仍遭禁錮，成長中的臺灣青年藝術工作者所能發聲的其實有限；八年前，他在繪事之外，也在報館工作，爲作家的文字挿繪，比較自主的則是以漫畫表現他對時事的觀察，遺憾的是，那個年代的漫畫，發展空間極其窄仄，不像今日的魚夫和LCC一樣可以「腳踢朝野政客、拳打海峽東西」。阿寶最後放棄了他在臺灣的繪事，遠赴巴黎，想必不是沒有原因的。

這八年來，阿寶在異國的生活如何，愧爲朋友，我所知不多，每次他回國，我們見面的時間也不多，更鮮及繪畫。只是透過報章雜誌的零散報導，以及他的夫人趙曼的飛鴻斷語，約略知道阿寶在巴黎的生活尙屬適意、畫作備受洋人喜愛、創作源源不斷；至於我最關心的「他到底想不想念臺灣」的問題，則毫無所知。

如今阿寶帶他的畫作回來了，透過他的畫作，我看到的，是一個企圖打破傳統中國心象的臺灣青年畫家，在努力重塑東西方文化的新象中，繪出了由臺灣這塊土地孕育出來的心靈所展示的新相。

二

即使阿寶不說，經由他的新作，這一系列標明「一九九一創作展—中國傳統繪畫新反思與批判觀」的畫作，都強烈地詮釋了陳朝寶對中國傳統繪畫的批判。

某些批判，出自宏觀，在時空的交錯點上，阿寶上追大唐古風，卻透過現代的表現方式，把傳統的東方心象交由現代的西方新象處理，他運用割裂、剪貼、燒邊、水漬，以至揉捏、撕毀的繁複變化，解構中國傳統象徵，並因焉產生了獨特的新相。這當中，時空幻化，中國傳統自然不再是一種不可侵犯的圖騰，也不再是神聖不可分裂的象徵。正好相反，在阿寶的手下，「分裂的版圖」早已形成了。

阿寶的某些批判，則來自於微觀。如「唐朝時的一位美女」，透過水墨，融合壓克力、熟宣、合膠畫布的使用，在奇岩異石中凸顯大唐仕女的風韻，而其髮型則是現代的、西方的，這種微妙而「明顯具有犯意」的錯置，顯然在彰顯作者對東方文明之荒謬的批判。換言之，大唐仕女之美屬於大唐的天下，孕於大唐的江山；時至今日，若擺弄現代「髮型」而高標東方之美，毋寧是幼稚而可笑的。引申言之，在一九九一年的今天，假使還有人言必稱三皇五帝大漢盛唐的道統，而無視於當代世界文化的交融及整合，不思跨出舊中國的界限，迎接全人類的領域，毋寧也是荒謬而可笑的。

在阿寶的新作中，「被錯視的胡騎」，則融入了宏觀與微觀的雙重批判。這幅同樣運用水墨、壓克力、熟宣和合膠拼貼而成的作品，借用古畫，加以割裂拼貼，造成分割鏡面的錯視效果，純就畫面來看，具有重塑新象徵的意義，阿寶大概想指出，元代（傳統）的畫作只能有限地表達元代（傳統），完整也只屬於元代（傳統），因此，作爲一個現代畫家，不能只以延續傳統爲滿足，而必須透過現代人的眼光，以新的觀點批判傳統。就宏觀歷史及文化的角度來看，歷史已然過去，現代人有現代人觀照歷史的方式，而非全盤接收。

不過，若就微觀的角度而言，這幅「被錯視的胡騎」尤其暗藏玄機。「但使龍城飛將在，不教胡馬渡陰山」的大漢沙文主義及個人英雄崇拜，在微觀下成爲畫家諷喻的對象。中國文化的整體心象從來建築在漢族本位的道統之上，以我爲尊，以人爲夷，兼以權威主義盛行，每每視強人爲膜拜對象，其結果是導致大多數人民之人權及少數民族之權益受到嚴重的政治歧視及扭曲，如這幅「被錯視的胡騎」者然。

三

我的解讀，也許不是阿寶繪作這些作品的本意。然則在近四十年來臺灣畫家備受壓抑的歷史過程之中，阿寶應該也能同意，有多少墨守所謂「中國古法」的畫家毫無長進，卻長期壟斷著畫壇，壓抑了具有創意的青年畫家的出頭，他們墨守古法，不僅未曾替臺灣畫壇建樹新的風格，且反而還阻礙著新風格畫家的長成；而畫界相襲成風，尤使得所謂「中國水墨」有將近四十年的時光栽在完全不見臺灣山水人文、更遑論觸及整個世界新象的幽黯畫坊之中。

這種畸型的發展，近幾年來在臺灣畫家的醒覺下，開始出現了省思。在我所認識的非常有限的畫界朋友中，阿寶即是其中一個深具反省能力、有心打破中國傳統繪畫醬缸的優秀畫家。因此，我的解讀，即使超過他作畫的藍圖，但是，他希望透過現代繪畫技巧，顛覆傳統中國繪畫風格，並藉以重塑這一代臺灣畫家對整個現代世界畫壇的參與之努力，則是錯不了的。

是以在阿寶的系列新作中，古中國的心象顯現出來的通常是斑駁的色澤、撕裂的紋理、黯淡的光影，這些技巧的誇張，強烈地斥責了傳統繪畫的墨守成規、諷刺了中國繪畫傳統心象的封閉滯塞。阿寶筆下的題材，固然都來自中國數千年的繪畫遺產，但他的企圖卻不是自甘於作一個「師事傳統」的畫匠，而是要在整個世界文化的交流整合過程中，重行解構中國傳統的文化，以來自臺灣土地的心靈，突出東方新的文化象徵，建立臺灣新的繪畫風貌。

四

阿寶回臺後很有自信地向我展示他的新作，我在興奮觀看他的畫作時，事實上也交雜了「一個新的版圖已經成形」的驚喜。

繪畫與文字同樣都是思考、批判的創作過程，在這一個過程中，經由心象的醞釀、新象的創造，以至於新相的成形，無一不是在彰顯「分裂」的效能，經由分裂，重構版圖，藝術方才誕生。在阿寶的新作中，這種高難度的創造，可謂俯拾卽是。那當中，不僅僅表露了作爲一個出身臺灣的畫家對於東西方文化交融整合的信心，同時也宣告了一個臺灣畫家對整個世界畫壇發出「我們不再屬於古老中國」的新聲。

誠如阿寶「分裂的版圖」這幅被割裂的畫作所暗示：船帆在輿圖分裂之後開航，屬於臺灣的心象，也將在與阿寶一樣有自覺地反思並批判中國傳統繪畫，努力創造臺灣現代形貌的畫家的作品中，逐步成熟壯大。

祝福阿寶，也祝福所有在臺灣這塊土地上透過各種技法爲臺灣重拾尊嚴的畫家。

一九九一・十一・二十・南松山

一九九一・十一・二十五・《自立晚報》副刊

入木三分賞鳥圖

何華仁的臺灣鳥木刻版畫

一九九〇年九月，一本十分別緻、用心的筆記書在臺灣出版。這本題名爲《臺灣鳥木刻・紀實六十》的筆記書，不像坊間一般同類書籍那樣隨意安插些警句、引言、圖片，而是以精刻精繪的臺灣鳥圖、深入淺出的鳥類介紹、以及精美的設計，在全盤的創作中，展現出了獨特的風貌，並以其對臺灣鳥類的深刻觀察而一新讀者耳目。

這本可說是戰後臺灣第一本生態木刻版畫集的作者，就是被稱爲「鳥人」的畫家何華仁。根據另一個「鳥人」劉克襄的說法，「何華仁是在廿四歲時才開始眞正認識第一隻鳥」，一九八三年三月，他在劉克襄的引導下，前往關渡沼澤區賞鳥，從此「鳥類這個字眼就未再從他的腦海裏消失過。他的生活空間逐漸被鳥類圖鑑、畫册與望遠鏡所佔滿」。而在此一期間，一九八七年，他離開臺北，前往高雄六龜，獨自在中海拔闊葉林間進行野鳥調查，歷十月之久。十個月的林間獨居生活，日夜與野鳥同棲同息，這使得何華仁的「鳥性」更加堅強。

也在對鳥類的感情及習性掌握深刻之後，一九八八年秋，何華仁開始用木刻版畫的形式，創作「臺灣鳥木刻紀實系列」，這些眞眞正正「入木三分」的木刻鳥畫，寫出了何華仁對臺灣鳥類最爲深入的認知，也透過水墨的拓印，洋溢著一個臺灣畫家對臺灣生態種類繁多的鳥類的深情。表現在他的木刻上的，不是泛泛的「臺灣熱」，而是生命與心血、愛情與志業的總體投入。在他的版畫中，臺灣的鳥類，重新活躍在人們的心裏、眼中；透過他對鳥類的觀察，這些我們熟悉得少、陌生得多的臺灣鳥，從不同的屬地，以不同的面相，在畫紙上走入了臺灣人的書房。

在這些鳥木刻中，何華仁以圖鑑方式，試圖透過雕刀與木板的交錯，摹寫鳥類的特性，因此其中對鳥類生活習性的觀察，允爲鳥圖的重點，這些木刻版畫，或用陰刻、或用陽刻、或者陰陽交併，在刀刻版印之下，臺灣鳥類生態的繁複多姿，也隨之千變萬化。何華仁刻大家常見的鷹燕鴉雀，但更多的是常人叫不出名字的鳥，像即將滅絕的水雉、像鵪鶉、像臺灣國寶級的帝雉、藍腹鷴、像何華仁曾親眼目睹而難被常人發現的環頸雉等。從他的版畫中，我們這才知道，在臺灣這塊土地上與我們共同生存的飛禽，有這麼豐富而多彩的生活面相。

這也使我憶起了一九八六年春，在翻讀臺灣四〇年代出版的《民俗臺灣》雜誌時，我深受感動的日本人畫家立石鐵臣，及其從該刊創刊號起逐期連載的「臺灣民俗圖繪」。後來在我整理之後，這些洋溢著外國人對臺灣生活層面關照的版畫，輯爲《臺灣民俗圖繪》出版，我還記得在該書後記的最後一段，我是如此期許著：

誰來為我們刻繪八〇年代的臺灣新風土？

這個期許，如今由何華仁以他的專業素養呈現了。這四十多年來，臺灣的總體生活相，隱藏在長期威權體制下起伏而難以伸展。解嚴之後，我們固然看到了政治局面的洶湧波動，但是更值得關心的，則是文化面的民間力量。何華仁的臺灣鳥木刻，看似與臺灣的現實無關，從整體文化的角度而言，卻是臺灣畫家爲臺灣鳥類生態塑造新相的努力，更是臺灣全新風土的重要呈現。他所建構出來的「鳥相」，暗喻著的，正是九〇年代臺灣整個文化生態圈中各種不同族羣的演出。他所關心的，固然是臺灣鳥類的「繼絕存亡」，又何嘗不是臺灣土地以及其上所有生態環境的久續永存？

現在，何華仁，這個每天在我的辦公室內「存在」的「鳥人」同事，就要推出他的「臺灣鳥木刻畫展」，做為他的朋友，他的同事，以及在他啓發下也開始間斷作些木刻臺灣版畫的同好，我感到特別地高興。這不只是因為，在何華仁「入木三分」刻繪鳥木刻的過程中，我曾有機會親睹他一刀一鑿在木板上作畫的專注神情；也不只是因為我這個藝術創作的門外漢，向來對於木刻版畫有著極強的偏嗜；而且是因為，我看到了一個臺灣畫家對於臺灣這塊土地上那些與「民生」無關。卻與整個臺灣文化圖式的建立相契相攜的風土生態，抱持著如此專注、深刻的愛。這種對臺灣「入木三分」的愛值得所有關心臺灣發展的我們，給予掌聲，加以鼓勵！

一九九二・三・二十六・《自立晚報》副刊

形象福爾摩莎之美

讀看徐海玲編著《臺灣美術圖繪》

十六世紀中葉，葡萄牙與西班牙相繼擴張海權，並各自以澳門（葡）、馬尼拉（西）爲根據地經營遠東海上霸權。其間葡萄牙人航經臺灣海面時，曾將這塊海上的島嶼驚譽爲「美麗之島」（Ilha Formosa），從此「福爾摩莎」成爲臺灣的另一個名稱，臺灣也開始以「Formosa」的美麗名稱出現在此後的歐洲地圖之上。

然而，臺灣的命運並不像這些歐洲海權帝國所想像的那般美麗。這四個世紀以來，臺灣歷經了波折多厄的被統治命運，導致「美麗」成爲反諷，「貪婪」變成正常。臺灣的美被嚴重扭曲，醜陋被不斷凸顯，原來屬於臺灣土地、人文的美麗，也因歷來統治者的壓擠、蔑視，乃至不爲臺灣這塊土地上的人所熟知、所肯定。

直到一九四一年，臺灣的素樸之美，才在日本人畫家立石鐵臣源自臺灣的摯愛中出現。

透過當年創刊的《民俗臺灣》，立石鐵臣用刻刀一刀一刀地刻繪出臺灣民俗文化的可貴形象，這些作品突破了殖民政治框架，眞切而誠懇地肯定了臺灣的美。一九八六年，我在編選立石鐵臣的《臺灣民俗圖繪》（臺北・洛城出版社）時，一方面彰顯立石對臺灣的愛，一方面也有感於臺灣人對自我文化的怯於肯定，試圖透過這本書的編印反問——誰來爲我們刻繪八〇年代的臺灣新風土？

這個反問，在徐海玲編著、由自立晚報剛推出的《臺灣美術圖繪》一書中得到了部分具體的回答。事實上，從日治時代以迄於今，已有無數的臺灣畫家以及藝術工作者透過他們的作品，掌握住了臺灣人生活的底層，形塑出了福爾摩莎的美麗；只是在文化生態的強遭扭曲之下，他們的作品被塵灰壓覆，他們的心血被暗影遮蓋。拂落塵灰、驅除暗影之後，臺灣，透過這一羣畫家所圖繪的形象，竟是如此明艷而動人！

因此，從《臺灣美術圖繪》這一本精編精印的書册中，我們看到了從日治時代以降的畫家羣經由生活在這塊土地上的人民、風景以及庭園、靜物等諸多題材的描繪，呈現出總體的臺灣形象。儘管歷史曾經荒謬，但藝術永遠存眞，編著者徐海玲以她長久浸潤藝術的慧心、以她對於臺灣這塊土地的愛情，在編輯運作和文字說明中，成功地展現了臺灣的人文座標與文化界碑。而這是在眾多強調「中華文物之美」、「美哉中國」等制式書海中，以及現行教有體制下的一個美麗的出擊。生活在臺灣而經常搞不懂臺灣到底美在哪裡的人，有必要把這本《臺灣美術圖繪》找來看一看、讀一讀。

美，來自愛，有愛，便能創造美。八〇年代對臺灣來說，已經是一個迷走的年代，政治轉型至今依然未見成功、經濟發展已形頹敗，而文化素質則日漸淪喪。從而讀看徐海玲編著的《臺灣美術圖繪》，也更讓我們警覺到臺灣文化的重建與振興，已到了迫在眉睫的時刻。但願有更多的創作者和文化工作者投入其中，也希望生活在臺灣這塊土地上的人，不吝於用掌聲鼓勵所有形象臺灣之美的工作者，用行動加入振興臺灣文化的行列！

一九九〇・十・九・《自立早報》文化版

面對老臺灣・重寫新史頁

回響謝森展編《臺灣回想》寫眞集

一

臺灣，在過去數十年間是隱晦而不彰的。臺灣的形象，在長達四十年的威權體制控制下，長久被虛妄不實的中國陰影所湮滅，致使臺灣雖有至少三百年的可稽歷史，卻形同無史；在這塊美麗島上雖有無數祖先墾拓、開發的血汗淚水，卻等同沒有祖先——臺灣人的歷史，上接五千年堯舜禹湯；臺灣人的土地，橫跨蒙古、新疆、西藏。但是，臺灣人腳下的臺灣，似乎從不存在；臺灣人的父祖，也似乎很少在臺灣人的歷史記憶中存活。

如此荒謬，卻又如此千眞萬確的情境，使得臺灣人只曉得一九四九年以後的臺灣、一九四九年以前的中國。對一九四九年以前的臺灣來說，這二千萬人好像不是她的子孫，因爲在他們的記憶中沒有老臺灣的存在；同樣的，對一九四九年以後的中國而言，這二千萬人也根本稱不上是中國的子民，因爲在他們的認知中對於新中國不僅毫無概念、且又每帶著鄙視、自大的心態而不自知。

此一情境，標誌出了臺灣人母體的喪失與文化尊嚴的淪落。臺灣人在四十多年威權、一元的教育體制下，既無自知歷史臺灣之明，又缺乏正確認知現實中國的基本知識，顯現出來的就是對歷史的無知、對現實的盲視。加上結構性的教育體系及傳播機器迄今仍不改戒嚴心態，更使得很多人雖然身在臺灣，卻心在中國；雖然生在臺灣這塊土地上，卻甘願放棄作爲臺灣主人的權利，而向一個早已被革命掉的舊中國跪地膜拜。

所幸這種畸形現象，近年來在民間臺灣研究者的努力下已有改善趨勢。十多年來，臺灣相關研究著作精品迭出，舉凡歷史、語言、民俗、宗教等均見佳績，亦獲出版界及讀者的歡迎，而有「顯學」之譽。民間的努力，像是源源不斷的溪河，正在衝撞執政者所預設的堤防，相信終有一天，站在臺灣民間立場，民眾史觀的臺灣形象將被臺灣文化界正確地建立起來，而當前虛妄不實的「不臺不中」教育網羅也將被棄置擲捨。

不過，近年來的臺灣研究，由於尚屬新生，重於文字論述者多，兼以輿地初展，各相關範疇之研究及發現，也尚待充實，因此，一個初接觸的讀者如果要從其中找出臺灣的歷史形象，的確也頗不容易。歷史形象的建立，傳統上通常依靠通史、斷代史著述，而臺灣研究迄今在通史上之成績仍未見突破，斷代史部分則更是付之闕如，這使得一般讀者無法掌握臺灣發展的主脈要絡，更遑論建立臺灣形象了；此外，歷史形象的俗民化，尚可依賴歷史圖像來加以彰顯，讀者透過圖像逼近歷史時空，從而產生認知，建立心象圖式，也不失為一個有效面對歷史的輔助工具。然而檢視十餘年來的臺灣研究，在這個基礎工作上似乎也仍有待努力。

二

一九八五年，我與劉還月兄曾合力編輯《快門下的老臺灣》一書，在戒嚴下的臺灣，我們蒐羅了一九二〇—一九六〇年代的臺灣攝影，「試圖透過土地的、人文的角度，象徵性地浮凸出臺灣艱苦而多舛的腳步。同時，也希望藉由蒐集不易的照片，分別真實而深刻地展示出日據時期臺灣的被殖民形貌、戰後初期農村人文的奮鬥影像，來給出臺灣——這塊土地及其人民的悲歡。」（引筆者序）這本書，雖然有心重整臺灣形象，也受到相當的重視，但由於我與還月兄都是戰後代，所知所藏均屬有限，理想如此，事實上仍未作到。

直到一九九〇年，我在書肆中看到謝森展與日本人松本曉美合編的《臺灣懷舊》，欣喜若狂，在這本以「絵はがきが語る50年」爲副題的寫眞集中，日本治臺五十年的臺灣形象終於活生生地展現在我的眼前。這本寫眞集，是日人松本曉美耗費二十年漫長歲月所收藏，其中有日本人製售的明信片，也有松本本人所存的照片。這些寫眞（照片）多半集中在日本治臺時期臺灣的風光、街坊、城池、民俗及經濟、教育、交通等俗民生活上，可以說已涵蓋了臺灣在那五十年當中被殖民的形貌。集中所收之照片，固然帶有殖民主義者的觀點，但其歷史意義則至爲重大——它使得將近五十年後的這一代臺灣人得以面對被殖民年代中的父祖，正確掌握日治下臺灣的生活樣貌，從而站在臺灣的觀點，釐清舊中國觀點下的臺灣以及舊日本觀點下的臺灣之分際，來形塑歷史臺灣的本貌。

當然，《臺灣懷舊》從另一個角度來看，同時也有慰藉當年臺灣人及在臺日人濃郁「鄉愁」的色彩。在基礎上，它固然是史料的整建，卻也帶有懷念昔日統治者經營控制的思緒。這使這本寫眞集一方面固然具現了當年臺灣俗民的生活像貌，一方面也缺乏臺灣民間觀點的省思與關照。

三年後的今天，編者之一的謝森展繼《臺灣懷舊》之後，獨力編選的《臺灣回想》又推出了。我展讀這本寫眞集，發現它除了具備前編的形象臺灣之特色外，更進一步地賦給了它臺灣民間觀點。除了作爲補足《臺灣懷舊》所遺漏的照片之外，《臺灣回想》值得重視的地方，在於它不再只是日治的、史料的，同時也是一部具有民間的、臺灣的觀點的照片集。謝森展編集此書的用意，由他自撰的〈出版序〉可知，「這部臺灣照相集是以原始的事實圖片，來表現臺灣自闢草萊，斬荆棘，直到而今現代化的建設過程。……歷史的遺蹟，不容健忘，歷史的教訓必須領略，這樣才能承先啓後」。因此，謝森展站在「每個人對於他出生的本土及有關文物，都有認知的權利而不該被隔絕被隱瞞」的心情下所編輯而出的《臺灣回想》，在分輯分類之外，每輯之引言及圖說均特別用心，而且是站在臺灣民眾史的角度來撰寫，他既不受舊日本殖民政府觀點的影響，也不爲舊中國體制對日本殖民下臺灣的歧見所惑，而是以一個過來人的臺灣人的立場，寫出了面對老臺灣的民間觀點。這是《臺灣回想》較之於《臺灣懷舊》更值得肯定的特色——在記錄五十年日本治臺史之外，謝森展隱然也有「面對老臺灣，重寫新史頁」的雄心，當然，這是透過原始的照片，在編輯過程中逐步建立而出的「形象臺灣」的艱困過程。謝森展不只是在編輯舊史料，同時也試圖著建立他對日治臺灣史的觀點。

三

《臺灣回想》因此也可以說是一部影像臺灣史，從一八九五年日本治臺始，以迄於一九四五年日本撤出臺灣止的五十年間，相關於臺灣城鄉生活、文化傳播、通信交通、農林產業、學校教育、休閒娛樂、風土民俗信仰、自然景觀，以至於戰時日本體制的照片，井然有序地編排在此書之中。這些「陳年照片」，記述的，不僅是臺灣人民的形貌，同時也彰顯著被殖民者無助屈懦的臉顏。我們從而可以在其中正確了解日本治臺五十年的眞相——有些是負面的，如殖民地文化對本土文化的摧殘；有些則是正面的，如日本政府對臺灣現代化所奠定的先期基礎。這使我們可以更加冷靜地面對後期統治者所灌輸給我們的刻板印象，而有以分辨，在臺灣長年被殖民歷史過程中我們對「日本年代」的誤解。

一張照片，勝過滿紙文字。不過，由於歷史遠隔，沒有文字說明、注解的照片，有時也易帶來錯判。謝森展在《臺灣回想》一書中，針對每一張照片，均作圖說，每一專輯，均作前言，這種工作十分繁瑣，但他以敬謹的態度加以完成，使得這些歷史照片獲得應有的定位。這是本書的一大貢獻，透過謝氏對日治臺灣的研究與掌握，我們在閱讀的同時，也得到了一把可以打開日本年代臺灣暗室的鑰匙。

《臺灣回想》的出版還具有另一個重大的意義，那就是它提醒我們這一代臺灣人要對自身的歷史、傳統及文化給予更多的重視，特別是在臺灣史料的蒐集、整理與研究工作上，我們已經沒有任何理由加以漠視。看謝森展多年蒐尋舊相片的恆心、毅力，以及在他手中整理出的可觀成果，都讓我們既敬且愧。臺灣固無史也？臺灣豈無史也！《臺灣回想》與《臺灣懷舊》的推出，告訴我們：史料的蒐集、整合與研究乃是刻不容緩的事，這是整建臺灣民眾史的基礎性工作，是累積臺灣文化的持續性工作。謝森展的努力，值得肯定，也應爲臺灣社會所鼓勵。

《臺灣回想》寫眞集讓我們對老臺灣的眞面貌有了一層眞確的認識，也讓我們對臺灣的新史頁之重行書寫有著更加深沉的期盼。謝森展用老照片及他作爲過來人的觀點，在這本寫眞集中，同樣也作了這樣的嘗試。這是屬於每一個臺灣人的書，透過人民的觀點詮釋過往的年代，但願有更多的人，也與謝森展一樣，從不同的範疇面對老臺灣，站在民間的立場重寫新史頁！

一九九三・五・三十一・《自立晚報》副刊

爲臺灣歌謠紀史

杜文靖《大家來唱臺灣歌》的眞義

臺灣流行歌謠演進至今已有六十年歷史，六十年來，無數作詞人及作曲家投身其中，爲我們這塊土地創作了不少感人肺腑、動人心弦、悅人耳聽的歌謠。有些歌，自五、六十年前創作後即傳唱至今，成爲臺灣名曲名歌，如「雨夜花」、「河邊春夢」、「望你早歸」、「望春風」等；有些歌，雖然詞佳意美，但因曲譜或時代因素較不爲人熟知。無論如何，這些流行歌謠都伴隨著臺灣的變遷，見證了這塊土地的歷史，也描述了人民的悲歡。

把臺灣流行歌謠的發展加以整理的作品，截至目前爲止，尚不多見。林二、簡上仁、黃春明等過去均編過臺灣歌謠集，也對其中的詞曲、作者作過解說，並獲得相當大的迴響。不過，這些歌謠集子由於成書稍早，篇幅亦有限，多偏向於早期臺灣歌謠的介紹，對於當代作品自然未能介紹；一九八九年開始，詩人杜文靖在《自立周報》「海外版」推出「大家來唱臺灣歌」專欄，每週一篇，以隨筆方式為讀者介紹臺灣歌謠，從二〇年代到八〇年代，從日本統治年代的悲歌到解嚴後臺灣的混聲合唱，總共介紹了一一六首作品。這一一六首作品，誠如杜文靖所言「幾乎包含了整個臺灣歌謠發展過程中的一些主要歌曲」。臺灣流行歌謠六十年發展的大貌，至此才有了較明晰的輪廓。

遺憾的是，《自立周報》屬於自立報系對海外發行的報紙，文靖兄的這個有意義且富可讀性的專欄，對臺灣本土的讀者而言是看不到的；作為當時《自立周報》總編輯的我，一方面欣慶《周報》有此廣受海外讀者歡迎的專欄，一方面也遺憾臺灣的讀者未能享用到文靖兄精心整理的臺灣歌謠的美的旋律。臺灣的歌謠，而不能被臺灣本土的住民所欣賞；臺灣民間的文化財，而不能在臺灣的土地上為大家所共有。這種遺憾，使我對文靖兄抱愧於心。

所幸，在臺北縣文化中心的支持下，文靖兄的嘔心瀝血之作，終於付梓成書。我的抱愧得以消失，而臺北縣民以及所有得讀此書的讀者，自然也得以因此而對臺灣六十年來的流行歌謠及其傳承意義有所了解。這對文靖兄長年以來在臺灣歌謠的整理及介紹的工作，自是一個肯定，更是對這六十年間所有致力於臺灣民謠創作、傳唱的詞人、曲家、歌者的答報。

事實上，臺灣歌謠六十年的步履，是蹣跚以進的。我曾在〈青春與悲愁的筆記——從臺語歌謠的「悲情城市」中走出〉一文中指出，「臺灣歌謠的世界，籠統看來，就是一座『悲情城市』」，這句話的意思是，臺語歌中的悲情氣氛太濃、悲歌太多，有些歌，悲得有道理（如在日本治臺時期政治壓抑下的無奈），有些歌則是瞎悲（如在國民政府治臺戒嚴階段多數臺語歌曲的「飄泊」），這導致了臺語歌謠給人以「哭調仔」的刻板印象，也致使六十多年來臺灣民間社會在「歌爲心聲」下籠罩著一股無奈、沉悶的情緒。

然而，在這一座歌謠的「悲情城市」中，假使我們肯細心地耙梳前人作品，汰劣擇優，去假悲而存眞情，則臺語歌謠的眞象則又不盡只是悲情。勇健而富理想、青春而有活力的歌謠仍佔有極大比例，如呂泉生「杯底不通飼金魚」、王昶雄詞「阮若打開心內門窗」、周添旺詞「滿面春風」、陳達儒「青春嶺」等，無一不洋溢開闊健朗的喜氣。

因此，由這個角度來看文靖兄這本《大家來唱臺灣歌》，自然可以正確地掌握到臺灣流行歌謠方位的面相。這本書的價值，在於文靖兄是從民間生活及文化傳承的角度選歌，因此能夠彰顯六十年來臺灣民間生活轉變的風貌、涵蓋臺灣人民悲歡喜怒的心情，同時指出臺灣文化傳承的順逆特質；而透過文靖兄的詮釋、解析、導讀，更有助於我們思考臺灣流行歌謠未來的發展路向。

當然，既以流行歌謠作爲採擷對象，「流行」勢不能不成爲一個標準，這導致了文靖兄此書雖以「臺灣歌」爲名，但僅選入少數的客家歌謠，原住民族歌謠則幾難一見。這種現象，反映了整體大環境中傳播媒體被惡質的語言政策所壟斷的不堪局面。在當前的語言及教育政策下，原住民族、客家族及福佬族都受到壓抑，尤其以原住民族更有「失聲」之危機。這本書反映的此一現象，足供所有強調族羣和諧的政治人物深思。如何改變語言政策，透過教育及傳播媒介的解除規範，來促成族羣文化平等，期待「混聲合唱」的眞正交融，應該已是我們這一代人不可辭卸的責任了。

文靖兄的努力，將被證明功不唐捐，我爲文靖兄《大家來唱臺灣歌》得以出書喜，也期望文靖兄能繼此書之後，在二、三年中靜心澄慮，以此爲基礎，爲臺灣流行歌謠六十年發展紀史。

一九九三・七・十八・《自立早報》讀書生活版

三民叢刊書目

㉔臺灣文學風貌　李瑞騰著
㉕干儛集　黃翰荻著
㉖作家與作品　謝冰瑩著
㉗冰瑩書信　謝冰瑩著
㉘冰瑩遊記　謝冰瑩著
㉙冰瑩憶往　謝冰瑩著
㉚冰瑩懷舊　謝冰瑩著
㉛與世界文壇對話　鄭樹森著
㉜捉狂下的興嘆　南方朔著
㉝猶記風吹水上鱗
・錢穆與現代中國學術　余英時著
㉞形象與言語
・西方現代藝術評論文集　李明明著
㉟紅學論集　潘重規著
㊱憂鬱與狂熱　孫瑋芒著
㊲黃昏過客　沙究著
㊳帶詩蹺課去　徐望雲著
㊴走出銅像國　龔鵬程著
㊵伴我半世紀的那把琴　鄧昌國著
㊶深層思考與思考深層　劉必榮著
・轉型期國際政治的觀察
㊷瞬間　周志文著
㊸兩岸迷宮遊戲　楊渡著
㊹德國問題與歐洲秩序　彭滂沱著
㊺文學關懷　李瑞騰著
㊻未能忘情　劉紹銘著
㊼發展路上艱難多　孫震著
㊽胡適叢論　周質平著
㊾水與水神
・中國的民俗與人文　王孝廉著
㊿由英雄的人到人的泯滅
・法國當代文學論集　金恆杰著
51 重商主義的窘境　賴建誠著
52 中國文化與現代變遷　余英時著

㊸橡溪雜拾

思果 著

本書為作者近年來旅美讀書心得、生活觀感。作者人生經歷豐富，觀察入微，涉筆成趣，說理深入淺出。觀世的文章，卻沒有說教的味道，詼諧之文寫來沒有做作的痕跡。有美麗如詩的短文，也有談論科學知識的篇章。適合各階層讀者加以細讀品味。

㊹統一後的德國

郭恆鈺 著

兩德統一不是西德用馬克吃掉東德，也不是聯邦德國版圖的擴大，而是兩個政經體制完全不同的國家及人民的重新整合。本書從這個角度出發，介紹統一後的德國在經濟、政治、法制、教育以及意識型態等多方面所遭遇到的諸多問題。

㊺愛廬談文學

黃永武 著

本書以中國文學詩歌為主體，為維護中國文字的正體字而大聲疾呼；為光揚中國古典詩在現今美學中的價值而細心闡發；對於敦煌新發現的寫卷資料，也用淺顯筆法作應用的示範；對西洋星座起源的追索以及對「圖象批評」的分析，均極具啓發作用。

㊻南十字星座

呂大明 著

人生是一段奔馳的旅程，生命的列車載著你、我向四野茫茫的時空飛奔……當你在生旅中奔馳，請為這本小書逗留片刻，書中有人間至情、生活的哲思、美的闡釋、文學盤古的足音，有清純如童謠般的吟唱，也有鐫心的異鄉情懷……

57 重疊的足跡

韓秀 著

因爲一份眞摯的愛，對文學，對那塊廣袤的土地，對那些親如手足的人；所以有了理解，有了同情，有了尊敬；那怕是擦身而過，也會留下痕跡，留下感觸。本書作者以親身經驗寫她和十多位作家的交往，爲當代中國文學史添加幾頁註脚。

58 書鄉長短調

黃碧端 著

本書內容包括文學隨筆、新書短評、域外書介三部分。作者藉由理性的角度、感性的筆調，評論了近幾年來出版的一些小說，兼論及文學界的一些人與事，並對中文西譯的困難展現出相當程度的關懷。

59 愛情・仇恨・政治

・漢姆雷特專論及其他

朱立民 著

本書論及四部莎士比亞悲劇裏的各類問題：如朱麗葉的父親對悲劇發生的責任、奧賽羅黑皮膚的反諷、漢姆雷特內心的衝突、勞倫斯奧立弗如何改編莎劇及柴弗瑞里如何處理漢姆雷特的戀母情結等等。

60 蝴蝶球傳奇

・真實與虛構

顏匯增 著

本書所力圖企及的絕非所謂的「魔幻寫實主義」，而是企圖尋找一個眞正屬於「紙上文字世界」的經驗。作者認爲唯有從紙上經驗「本身」獲得眞實的感受，才能在諸般迥異於文字世界的世界中，洞見出眞正活生生的東西……

㉛文化啓示錄

南方朔　著

目前的臺灣正在走向加速的變革中，相應的是一切變革之後的「文化」改變卻明顯的落後太多。「文化」與現實的落差是作者近年鍥而不舍於「文化」問題的原因，本書則是提供讀者一個思考的空間。

㉜日本這個國家

章　陸　著

本書從東、西方及過去、現在、未來等衝擊與演變，綜看日本的萬象。作者以旅日多年的見聞，根據今昔史實，敍述日本的風土習俗、文化源流、天皇制度、政壇人物、社會現象等等，並比較其互爲因果，以期能向國人提供認識日本的一些參考資料。

㉝在沉寂與鼎沸之間

黃碧端　著

本書是作者對當今時事的分析評論集，篇篇都有獨到的見解，觀察入微、議論平實。除了能啓發讀者另一層思考外，亦展現出高度的感性關懷。在紛擾鼎沸的世局中，是一股永不沉寂的清流，值得關心國事的人，同來思考與反省。

㉞民主與兩岸動向

余英時　著

一九八七—九一是海峽兩岸局勢動盪最劇烈的時期，在此關鍵時刻，本書作者以一個「學歷史的人」的觀點，對中國的民主發展及兩岸動向提出一些見解，期望此見解能產生「見往知今」的效用，同時也期待處於此歷史轉折點上的中國人一起省思。

⑥⑤ 靈魂的按摩

劉紹銘 著

本書作者長年旅居海外，以宏觀的視野、幽默風趣的筆調，對當代中國文學及世界文化現象，加以詮釋及評析。希望讀者藉著本書的「按摩」，不僅能達到滌清思緒，舒筋活骨之效；更能對這個既熟悉又陌生的世界，有著嶄新的認知及體驗。

⑥⑥ 迎向眾聲
・八〇年代臺灣文化情境觀察

向 陽 著

本書是作者在八〇年代期間，面對風起雲湧之臺灣文化現象所作的觀察報告。向陽以其詩人之心、論者之眼，透過對文學、藝術、民俗、語言、史料整理及相關著作的解讀與評析，試圖建構一個「文化臺灣」圖式，彰顯八〇年代臺灣文化的形貌。

⑥⑦ 蛻變中的臺灣經濟

于宗先 著

由於兩岸解凍、經濟自由化、臺幣升值、金融狂飆等問題的激盪，引發了社會失序、政府無力、人民迷惘的混沌現象。身為此大變局中的一員，本書作者表達了一個知識分子的感受和建言，期待能為這個蛻變的時期留下記錄，並提供解決的途徑。

⑥⑧ 從現代到當代

鄭樹森 著

五四運動帶給中國現代文學的影響是巨大而深遠的。作者以此為出發點，運用他專業的學識及文化素養，對現今兩岸三地的中國文學和作家，作了深刻的研究和評論，並旁及與西方文學的比較，是一本內容豐富的文化評論集。

⑥⑨嚴肅的遊戲

・當代文藝訪談錄

楊錦郁　著

本書共分文學心靈、文學經驗、文學夫妻、電影之美四部分，訪問了白先勇、洛夫、葉維廉等當代著名文學家，暢談創作的心路歷程，是作者從事報導文學多年累積而成的文字結晶，值得您細細品味。

⑦⓪甜鹹酸梅

向　明　著

本書是作者在人海中浮沉時所領略體會出的諸般心得和感想：有人間世事的紛擾和關懷，有親情友情的回味和依戀，更有旅途遠行的記憶和心得，反映出生逢亂世一個平凡人的甜鹹酸苦，文字簡鍊流暢，是作者詩筆以外的另一種筆力。

國立中央圖書館出版品預行編目資料

迎向衆聲：八〇年代臺灣文化情境觀察
／向陽著--.初版.--臺北市：三民，
民82
面；　公分.--（三民叢刊；66）
ISBN 957-14-2031-X（平裝）

1.中國文學-批評，解釋等-論文，講詞等

820.7　　82008258

 迎向衆聲
——八〇年代臺灣文化情境觀察

向衆聲
編號 S85243
三民書局

著　者　向陽
發行人　劉振强
著作財產權人　三民書局股份有限公司
印刷所　三民書局股份有限公司
復北店／臺北市復興北路三八六號五樓
重南店／臺北市重慶南路一段六十一號
郵　撥／〇〇〇九九九八——五號
初　版　中華民國八十二年十一月
編　號　S 85243
基本定價　肆元
行政院新聞局登記證局版臺業字第〇二〇〇號

ISBN 957-14-2031-X（平裝）